青春岁月

QINGCHUN
SUIYUE

王卫兵　著

济南出版社

图书在版编目（CIP）数据
青春岁月 / 王卫兵著 . -- 济南 : 济南出版社 ,
2024. 9. -- ISBN 978-7-5488-6768-5
Ⅰ . I251
中国国家版本馆 CIP 数据核字第 2024MQ0554 号

青春岁月
QINGCHUN SUIYUE
王卫兵 著

出 版 人 谢金岭
责任编辑 韩宝娟 郑红丽
装帧设计 纪宪丰

出版发行 济南出版社
地 址 济南市市中区二环南路 1 号（250002）
总 编 室 0531-86131715
印 刷 山东道克图文快印有限公司
版 次 2024 年 9 月第 1 版
印 次 2024 年 9 月第 1 次印刷
开 本 170 mm × 240 mm 16 开
印 张 12
字 数 135 千字
书 号 ISBN 978-7-5488-6768-5
定 价 58.00 元

如有印装质量问题 请与出版社出版部联系调换
电话：0531-86131736

前 言

《青春岁月》一书，是作者将自己少年时期到退休前后的经历，写成文章集结而成的。书中还有一部分文章，是作者读书及写作的心得体会。学习是一件长期的事情，一个人只有多读书，多创作，才能为自己、为社会留下财富。

作者经历过“文革”，上过山下过乡，参加工作后又到济南铁路机械学校上过学；读过大量的书，走过万里路，其中，学习过《辩证唯物主义和历史唯物主义原理》《毛泽东选集》《孙子兵法》，读过《西行漫记》、《朝鲜战争》、《炮兵第八师军战史》、《第四野战军》、“星火燎原”丛书以及各种将帅传记，也学习过《中国共产党历史》一书，先后出版了三部军事题材长篇小说，是山东省作家协会会员。

2024年1月

青春岁月

目 录

第一章 回忆往事

第一章

回忆往事

HUIYI WANGSHI

我的父亲母亲

我父亲王敬斋是一个有较高文化水平的革命军人。1938 年 10 月，他到延安参加八路军前，已经是河南省商丘二中的一名毕业生（未离校）。1938 年正是抗战初期，我父亲与四个同学，想离校投奔延安，但为形势所迫不得不以报考国民党军军校为借口，从学校里领取了经费，步行到达洛阳后，在洛阳坐上火车直奔西安。到达西安后，经八路军办事处的安排，到栒邑县陕北公学入校学习。1938 年 12 月，父亲转入延安抗日军政大学学习。在这段时间里，我父亲在陕北公学和抗日军政大学里系统学习了马克思主义和毛泽东思想，为他日后走上战场，打日寇、打老蒋，在战火中成长，打下了坚实的基础。

1939 年 12 月，我父亲跟随抗日军政大学一分校来到了山东沂蒙。1940 年 5 月，跟随八路军 115 师苏鲁豫支队（115 师原 685 团）调往江苏，编入新四军中，改编成新四军第三师第七旅。我父亲成为第七旅旅部的一名连职干部。

我的母亲是湖南省长沙人，她在 1949 年 9 月中国人民解放军第四野战军解放长沙后，报名参加了炮 46 团，成为炮 46 团宣传队中的一名宣传员，先后担任过班长和团后勤处会计等职务。讲到我母亲，就应讲讲我的姥爷。我的姥爷虽没有什么文化，但他知道文化的重要性，所以在旧中国时虽然生活上有一些困难，但他仍坚持让我母亲——当时家中唯一的女孩，去上学。我母亲在参军前，已经是一名职校的毕业生，这在旧中国，是很不容易的。

而这时，我的父亲是炮 46 团的教导员。新中国成立后，炮 8 师炮 46 团调往东北，驻扎在黑龙江密山县从事农业生产。20 世纪 50 年代初，朝鲜战争爆发。随着朝鲜战争的扩大，炮 46 团准备出国，配合第 38 军入朝作战。在部队出国前，上级部令我父亲担任炮 46 团政治处主任，而我母亲则转业到地方工作。

我母亲一生非常不容易。军队干部的妻子儿女每每要跟随干部的调动而迁移，我的母亲也是这样。我们这个家，每过十年左右就要搬一次家。从东北到山东，从炮 8 师到沈阳高射炮兵干部训练基地，到高炮 67 师，再到高炮 69 师，又回到炮 8 师，先后在沈阳、益都县、长清县等地生活过，最后又回到潍坊来。从我记事起，母亲在益都县钢铁厂工作了一段时间。我们家先在农村住过一段时间，后又在益都钢铁厂的工人新村住过一段时间。我母亲在钢铁厂工作时，有时回来很晚，经常是工厂里派人把我母亲送回工人新村里。后来，我母亲又调到益都县粮食局工作。

我的父亲是一名非常重视学习的军人。他在高炮 67 师担任政治部副主任时，报名到南京炮兵学校参加学习。父亲在他的回忆录里写道，当时他是南京炮校营团班中唯一一名政治工作干部。在炮校毕业时，父亲在高炮指挥和高炮实际操作上都取得全优的成绩，这在当时也是不多见的。

炮校毕业几年后，父亲又报名参加了中国人民解放军政治学院的学习。他当时是政治学院第二大队的干部学员。在1964年10月第二大队的学员毕业时，受到党、国家和军队领导人的接见，并留下了一幅长一米、高二十三厘米的毕业照片。这张珍贵的历史照片，现在仍然挂在我母亲的家中。

我父亲毕业时，发的是中国人民解放军政治学院的大专毕业证书，这个学历，当时在军队师级干部中算是很高的了。因此，我父亲在高炮69师的老干部中，被称为“有文化的人”（既懂政治，又能指挥作战）。高炮69师师级干部中，父亲还是唯一留下创建高炮69师完整资料的老干部。后来这份历史资料，被原济南军区某防空旅复印了去，作为防空旅的军史，存放在旅部的军史馆里。

父亲的一生，经历过战争年代的艰险，先后在战场上打了十几年的仗（包括抗美援朝战争和抗美援越战争），出生入死，血战沙场，经历过“文革”，是一名真正的中国共产党员，是一位坚定的革命者，是一个有坚定信仰的革命军人。

在我父亲离休后，中央军委原总政治部又下发文件，批准我父亲晋升为正师级干部，享受正师级离职休养干部待遇。

结束语：

我的父亲从1938年参加了八路军，经过陕北公学与抗日军政大学的学习和训练，经历了十几年的战火考验，成长为人民军队的一名高级政治工作者（行政12级干部）。在我父亲离职休养8年后（1988年），中共中央军事委员会给我父亲颁发了一枚“中国人民解放军‘独立功勋荣誉章’”，以表彰我父亲保卫国家，为国家征战十几年的功劳。这枚荣誉章上的图案由五角星和长城组成，是对我父亲参加革命为国家做贡献的肯定。到 1995 年 8 月 15 日抗日战争胜利五十周年时，原济南军区又给我父亲颁发了一枚“抗日战争胜利五十周年”纪念章，这枚纪念章是为表彰参加抗日战争的老战士而特别制作的。

忆故乡

每个人都对自己的故乡怀有特殊的感情。近日看了周作人《故乡的野菜》，在这篇文章的开头，周作人这样写道：“我的故乡不止一个，凡我住过的地方都是故乡。”在看了周作人写的这段话后，我回忆起从我记事起住过的益都县（今青州市）。我作为一个军队干部子女，出生后就不时地跟着父亲搬家。在益都县这个地方，我们一家人前后住了十年的时间。

我上小学一年级是在济南市八一小学上的学，后来八一小学按照上级的指示撤销了，从小学二年级起，我就在益都县城里的师范附小里上学。那时我们高炮67师的干部子女，与海军四〇二医院的干部子女住在一个归益都县荣军疗养院管理的大院子里。这里除了我们这些学生，还有一个看院子的老荣军。

在益都县城里上学，每个星期放学后，我们有两条路可以往回走。一条是向北走北大桥后，沿着公路往西走。另一条路是穿过县城的大街，走西城门，经范公亭往回走。我们走得最多的路是走西城门。

益都县历史上叫青州。宋代名人范仲淹曾在青州任知府，这个范公亭即是以他的姓氏来命名的。在范公亭的北面，建有范公台。

在益都县城的南边，有许多的大山。给我留下深刻印象的山，除了云门山之外，便是驼山了。

1966 年 5 月初，班里的老师带领我们全班同学去爬驼山。我们列队出了城南门之后，一路向西行。路上太阳高照，山路弯弯，但路很好走。到了驼山脚下，我们发现这座山不算太高，山坡也不陡，不难爬。上山前，同学们为了防止上山后无水喝，特意抬了一大桶水。但没想到的是，我们上山后在山的北边一处山崖下，找到了一个大水池，里面有满满的一池清水，而且池子里的水非常清澈，可以直接喝，这让同学们意外惊喜。

驼山海拔 408 米，山势由东北向西南延伸，绵延数里，状如骆驼伏卧，故得名。驼山上除了有五个大小不一的佛窟外，在山峰的最高处耸立着一座二层楼。当我们爬上这座小楼后，发现这座楼全部是用石头建造起来的，没用一根木头做大梁，可见古人在建造这座石楼时，费了许多脑筋。这座石楼，我过去每次回家会看到。那时我们从北面的公路朝驼山上望去，石楼犹如一座高大的石碑，非常显眼。

益都县，这个给我留下了许多儿时记忆和回想的地方，是我的第一个故乡。

在益都县生活的回忆

2016年8月，我写了一篇《忆故乡》的散文，主要回忆了我在益都县上学的经历，这篇文章是那篇文章的补充。

益都县，古称青州。历史上，青州历史悠久，文化深厚，曾经是山东省的政治、经济、文化和军事中心。中国《尚书·禹贡》中记载，天下分为九州，分别为豫州、青州、徐州、扬州、荆州、梁州、雍州、冀州、兖州。之后，在历史的长河中又有一些变化，有十二州、十三州的说法，但青州始终位列其中。

明朝时，朱元璋在青州设置山东行中书省，下设青州、兖州、莱州、登州、济南、东昌6个府，行省及青州府治所皆设在青州城内。青州府下辖寿光、莒州、日照等14个州县，几乎占了大半个山东省。到清朝末年，青州的管辖范围大幅度减小。

在新中国成立前很长一段时间里，益都和青州这两个地名同时在使用。我曾在《潍坊晚报》上看到一篇与抗战有关的文章，在这篇文章旁，刊登了一幅侵华日军制作的胶济铁路线路图。在这幅地图上，日本鬼子同时使用青州与益都火车站这两个地名，在地图上做标注。

随着时代的变迁，青州的重要地位在一步步下降。到20

世纪 50 年代，益都县（青州）成为昌潍专区的一个下属县城。1986 年，益都县改为青州市（县级市）。

最近几年，我时常阅读一些与青州有关的文章。从这些资料来看，古代青州城墙的周长约 6.5 千米，东西长一些，南北短一点，这与它的地形有关系。青州城的南面是云门山，而在云门山的西边还有一座小山，其山脚靠近青州城。也就是说，从地形上看是南边高北边低，南城墙不能太靠近山体，如果太近了，对县城的防守不利。而在县城的北面有一条护城河，长年有水，所以青州城南北之间的距离就短一些。

在青州县城的西南面，有一个天然形成的湖泊，面积很大。湖泊里的水，每天经由西城门外的出水口，从南往北流，水量很大。湖水沿河道向北分成两条河流，其中一条沿着北城墙外由西往东流，进入北护城河，最终向东汇入弥河。我小时候曾经下到北护城河里去玩水，这里河水不深，水质清澈。另一条河经河道向西北方向流淌，到胶济铁路线的南面被拦住，形成一个小型水库。这里，距尧王山不远，而在尧王山下，驻扎着一支由原济南军区炮兵司令部领导的炮兵部队，即高炮 67 师师部及所属第 625 团。我家就住在这里。

1965 年 8 月，中央军委决定加强高射炮兵的建设，在原济南军区编制内再组建一支高炮部队，即高炮 69 师。当时，高炮 67 师奉中央军委的命令，已前往越南支援越南人民抗击美国侵略者。在高炮 67 师出国前，我父亲王敬斋与原高炮 67 师的部分干部战士，奉命留在益都县尧王山下的军营里参与组建高炮 69 师。这一年，我父亲被中央军委任命为高炮 69 师副政治委员。

到 1966 年 10 月，高炮 67 师要从越南回国，返回益都县的军营，高炮 69 师奉命迁往山东省长清县。但此时，高炮 69 师在长清县的军营还未建起来。为此，我们家和炮 637 团的干部家属，便搬到了益都县城一个叫火巷街的大院中住了下来。我们住的院子东西长近百米，南北宽也有 50 米，院子里大院套小院，也就是我们现在讲的三进院、四进院。这个大院的门朝北开，建有三个大门，每个大门上面还有大房顶，可以进出大马车。这里的房屋，都是明清时期的建筑样式，小青瓦、大屋顶、大房檐，院子是青砖铺地。建房子用的砖都很大，一块砖比现在砖两倍还要大、还要厚。

1966 年时，益都县城的城墙，只有东城墙和南城墙（包括城门）还保存完好，北城墙已经拆光了，只剩下一个城墙根。而西城门上已经无顶，但两侧的墙体还在。

当时，益都县城内还有一个苹果园，在益都县荣军疗养院的东边，二者中间隔着一条马路。每到秋天，红红的苹果挂满枝头。

在益都县城的东北角，还有一个养蚕场，种有大片的桑树，在场内还建有多间养蚕的大房子。蚕场里养了大量的蚕，白白胖胖的很可爱。我们家搬到火巷街住下后，小伙伴们时常到蚕场里去玩，为此留下了深刻的印象。

在部队大院生活的回忆

近来看了几篇部队干部子女写的在部队大院生活的文章，我也下决心写一写自己在高炮 67 师和高炮 69 师部队大院生活的一些往事。

1957 年 9 月，我们家从沈阳高射炮兵干部训练基地搬到山东省益都县（今青州）。在沈阳的事情，因自己年龄很小（只有两岁），没有留下什么印象。搬到益都县炮兵 67 师的营房后，随着年龄的增长，我开始上幼儿园。

炮 67 师师部的幼儿园建在营房的西北面，这里有多栋青砖大瓦房。

上幼儿园时，给我留下深刻印象的一件事，是有一年的夏天外面在下雨，我们正准备睡晚觉时，无意间发现从一扇小窗户上爬进来一条大青蛇，于是我们开始大声叫喊。幼儿园的老师听见后，立即跑了过来，用棍子把那条大青蛇从窗户上挑了下来，弄到了屋外面。从那以后，幼儿园的老师开始给我们讲关于蛇的事情，我们从中学到了一些与蛇有关的知识，知道了打蛇要打七寸，还可以“打草惊蛇”。后来再见到蛇时，便不再怕蛇了，也知道如何抓蛇了。

“一朝被蛇咬，十年怕井绳。”我们在一般情况下，最好不要去抓蛇。

8 岁时，我在益都县城师范附小上二年级，每到星期六下午，我与姐姐等人就从县城里回到炮 67 师师部营房，便能与其他干部子女一起玩耍。记得有一次一个小伙伴从家里偷拿了一把刺刀出来玩，当时我们十分好奇，轮流拿到手上观看。那把刺刀很锋利，现在想来，当时没有伤到谁，真是万幸。

那时在部队里最常见到的枪，是仿苏 50 式冲锋枪和手枪。记得 1964 年夏初，我父亲按照上级的规定，准备上交部队配发给他的手枪和望远镜。当时父亲把部队配发的手枪和望远镜都拿到了家门外，放在一张桌子上后，我便站在一旁看父亲擦手枪。很快，我注意到望远镜，和父亲申请就看一眼，父亲同意了。我把望远镜拿在手上，对着营房西边的尧王山看了一下，发现那座山就像在眼前一样，非常清楚，从此知道了什么是“望远镜”。

1967 年夏初，我们家搬到了长清县。当时，炮 69 师的师部营房还未建好，师部机关及家属临时住在长清县县城外的党校内。县党校的院子不算小，师部机关工作人员及家属刚好能住下。

“文革”开始后，各地学校都停了课，我们在那一段时间里一直是在玩。当时我父亲很忙，经常要下部队，而我母亲每天也要到县城里去上班，没有时间管我们。我作为长子，便担起每天为弟妹们做饭的任务，我也因此学会了蒸大米饭、烙饼、蒸窝头，以及给煤炉换蜂窝煤等。

一天，我们有一个小伙伴偶然发现在距党校大院不远处的一个山坡上有一个水塘，里面还有不少的鱼，主要是泥鳅和一些小柳叶鱼。这个发现让大家十分高兴，但这泥鳅很难抓，小伙伴们便想了一个办法，把空罐头瓶拴上绳子，然后在玻璃瓶内放上小米，用竹竿挑着放到水塘里。很快，泥鳅、小鱼就主动钻到瓶子里，也算是自投罗网了。此后大约一个星期的时间，小水塘里的泥鳅和柳叶鱼就都被我们给抓走了，现在想来，那时我们是颇有些调皮的。

到 1968 年的春天，师部营房建好了，我们搬进了师部大院。在搬进师部营房后我发现，不论是干部的住房，还是战士的住房，都是用青石建造的。用青石建造的住房有一个最大的好处是冬暖夏凉。我们在长清县这座军营里住了许多年，夏天从来没用过电风扇之类的电器，也从来没有感觉到屋里热。

部队附近的山上长有许多酸枣树，每到秋天时，我们那些伙伴们就会结队到山上去找酸枣。秋天的酸枣长得红红的，吃起来酸甜酸甜的。

爬山时，最常见到的是野兔，野兔还是很狡猾的。你离它远了它随意跑动，你离它近了它就会藏起来，要不它就会突然间跳出来向远处逃去。我们曾经带着部队食堂里养的两只狗到麦地里（冬季）去抓野兔，两只大狗追了很远也没抓住一只小野兔。成语里有“狡兔三窟”的说法，可见野兔确实不好抓。

我们上山时偶然还会遇到狐狸。狐狸是火红色的，这与少儿图书插画中的狐狸基本相同。狐狸也很会藏，一般情况下看不见它。

1968 年的夏天我们小学毕业了，秋天时，我们到部队营房南边的一个叫杨庄联中的学校开始上初中。

“文革”期间实行教育改革，高中、初中的学制缩短，都改为两年制，课程也减少了。初中只有数学、物理、化学和语文四门课程，到上高中时才加上了英语课。当时，学习不紧张，玩的时间多，我在那时开始学习用弹弓打麻雀。

1968 年 10 月，部队准备在营区大操场的西边建一座毛主席塑像。很快，师后勤部从当地招来许多石匠，为建毛主席像的基座打磨石料。到 12 月初，毛主席像立起来了，十分高大、雄伟。之后，炮 69 师师部的领导干部们，在毛主席像的一侧照了一张合影（大礼堂前），这也是高炮 69 师建师后师级领导干部们唯一的一张合照。四十多年后，我们那些当年在炮 69 师部队大院里生活过的干部子女们，重新回到师部营房里，发现这里原来的房屋建筑都已经拆光了，只有这座毛主席像还立在大操场的西头。

1971 年底，部队在营房的南大门外建起了一个游泳池。到 1972 年的夏天，游泳池开始加水。从那时起，我们每天放学后又多了一个去处。学游泳也像学打乒乓球一样，最好是有教练，但当时没有那个条件，只好自己买来教材，摸索着自己练。最终，我学会了蛙泳、仰泳，踩水也练得很好，还学会了潜水，但自由泳等泳姿始终没学会。

高中毕业后我又有了一段空闲的时间，于是把父亲的藏书找出来看。其中，最主要是在看“星火燎原”丛书。“星火燎原”这套书我家里只有三本，看完之后我就在家属区打听谁家还有这样的书，只要打听到谁家有“星火燎原”，我就借来看。这样，用半年多的时间我就看完了这套丛书（10 本）。可以这样讲，“星火燎原”这套书对我的影响很大，我从中学到了战争年代老一辈革命家艰苦奋斗、不怕牺牲、勇往直前的革命精神，学到了如何做人做事、如何面对困难、解决问题，在困难面前永不低头的革命精神。我还从“星火燎原”丛书中学到大量的党史军史，知道中国革命的胜利成果来之不易，是千千万万先辈们用流血和牺牲换来的。

后来，我下乡，离开了承载我幼年时期和青少年时期记忆的部队大院。青青河畔草，绵绵思远方。

上山下乡纪事

1974 年年底，我与张未来下乡了。我和张未来是当年我们居住的大院中最后两个下乡的学生。张未来那时年龄小，长得也矮，看上去弱不禁风，因而没有在 6 月下乡去。而我则是在 6 月部队动员高中毕业生下乡时想去参军，但遇到一些阻力。就这样，一直拖到那年的 12 月底，我才和张未来一块下了乡。

下乡后，我和张未来被分在一个知青组里，这个知青组设在长清县许寺公社大刘大队中。我们去时，知青组里共有十六名知识青年，他们是：武卫民（组长）、李汉威、李成钢、辛少云、刘春阳、宋德奎、张庆国七个男知青，及王曼华（司务长）、王凤云、张永萍、张红秀、冯翠萍、王珍、代淑丽、胡长喜、谢翠林九个女知青。我和张未来到大刘知青组后，小组里共有十八名知识青年，男女各占一半。

在我们分到这里之前，有三人离开了知青组，其中张卫东应征入伍，鲁继生、张红英则是被调到黄河农场去了。张红英后来回过大刘知青组一次，而鲁继生我并未见过。

下乡后，我被分到大刘大队第四小队参加劳动。在第四小队劳动的知青有三人，除我之外，还有宋德奎、张庆国。第四小队在大刘村南约 500 米远的一个独立的小村庄。村里人口不多，大刘大队的林场和村小学的一、二年级都在这里。大队里后来按上级的规定给了知青小组一块菜地，也在这边。我下乡后只在第四小队修了一个月的路，便开始在小组里担任司务长，很快又担任大队的广播员和小组的副组长。

1975 年的春天，大刘大队按照上级的指示，在林场里分给我们知青小组一块菜地。我去看了一下，这块地原来是种树苗的，土地板结严重，不能直接用来种菜。随后，我在小组会上把情况讲了一下，动员大家抽时间到那块地里翻翻地。会上，同学们都表示同意，我们就用了一个上午的时间，把那块曾经种过树的地翻了一遍。要种菜还要有肥料才行，我又动员大家到村小学里去挖粪土。同学们每人借了一辆小推车，用了一个中午的时间推了十几车粪土到菜地里，一切准备就绪。

我下乡前在家时，曾经在门前的空地上种过菜。种菜看似简单，但没有知识也不行。种菜首先要有水、有肥，要有种子和菜苗，还要选择适当的品种才行。我种过西红柿、芸豆、莴苣、茄子、南瓜、青豆等蔬菜，也算是有实践经验。下乡后再种菜，也就轻车熟路了。很快，我们在菜地里种上小白菜、青豆、南瓜、辣椒等蔬菜。在小白菜收过之后，又种上了芹菜。芹菜生长得比较慢，到秋天时芹菜才长高，我们用自己种的芹菜包过一次肉馅包子，同学们吃得很开心。

夏初时，我与大队贫协主任到邻村的集上买来一头六十斤重的仔猪，放到食堂的院子里养。事先，大队已经在这个院子里建起一个猪圈，为养猪做好了准备。自从买来这头仔猪，我就动员全组的同学去打猪草。几天的时间，同学们就割回来二百多斤青草，我们又用几天的时间把青草晒干。之后，我们用板车拉着干草到不远处的部队农场，用电磨把这些干草打成了粉，然后又拉回来。每天我们就用吃剩的小米稀饭，加上草粉拌成饲料去喂猪，每天喂四五次。养猪必须加草料，否则猪长不大。1975 年 12 月，我离开大刘大队时，那头猪已经长到二百多斤重，膘肥体壮，让人看了十分喜爱。没有大家的共同努力，那头猪也不会长得那么好。

1975 年 6 月，村里开始收割小麦。那时收小麦全靠人力，是一件非常耗费体力的事情。我们那时的身体情况都很好，但在收割小麦这件事上却败下阵来。记得当时我到大队林场去帮忙割麦子，拿到镰刀后，一个社员说："第一，要注意手，不要让镰刀割了手；第二，不要用力过猛，小心割了脚。"

我拿着镰刀试着割了一垄小麦（约几米长）后，就感觉有些腰酸背痛，这割麦子与跑步、打篮球完全不是一回事。当然，割麦子对农村人来说，并不是什么难事，这就是我们知青与农村青年的差距。

"要想知道梨子的滋味，就要亲口尝一尝。"不干点农活，就不会知道农民种地的难处和辛苦。

另外，在知青组里，我与组长武卫民一起，组织男同学早起跑步、打篮球等。经过不断努力，大刘大队知青小组的情况蒸蒸日上。

大刘大队知青组的变化，得到带队指导员和公社、管区领导的认可。1975 年 9 月初，泰安地区召开全区知识青年代表大会时，上级选派我作为大刘大队知青组的代表参加了这个大会。

1975 年 9 月中旬，我接到大队的一项任务：带领小组的男知青到黄河边去抗洪。抗洪的经历让我们长了见识，知道了黄河是什么样的。大诗人李白讲：“黄河之水天上来，奔流到海不复回。”当时的黄河水，真是一眼望不到边。

抗洪结束后，组长武卫民到青岛去上学，我开始担任知青组的第二任组长。同时大刘大队的团支部开始改组，我担任大队团支部副书记，张永萍在团支部内担任委员一职。

总之，作为一个青年人，不到农村长住一段时间，不会了解农村的真实情况，也不会了解农村人与人之间真实的关系。上山下乡是我踏入社会后的第一个“落脚点”，是我们那一代青年人认识社会的第一步，为我们之后参加工作打下了一个良好的基础。这个基础，让我们有了不怕苦也不怕难的精神。

在济南铁路机械学校学习的回忆

我是 1977 年 3 月被保送到济南铁路机械学校上学的。我们那一届学生，是最后一批保送生，我当时被分到机制三班。我们班的学生，大多是铁路企业的干部子女。而我并不是铁路企业的干部子女，能到铁路机械学校上学，十分难得。

从我们班的情况看，主要是工务段、机务段、大修工程段、铁路配件厂和新汶机修厂的职工，因此，我们进校时，既是济南铁路机械学校的学生，也是单位的职工。

从地域看，班里的学生是从济南铁路局下辖的三个分局（即济南分局、青岛分局和徐州分局）招上来的。同学们入学后坐在一起，自然要互相介绍一下各自的情况。济南分局的同学，分别来自济南、泰安、兖州和新汶。我虽然是从新汶来的，但归泰安工务段管。青岛分局的学生，分别来自张店、青岛两地。而徐州分局的同学，主要来自徐州工务段、机务段等单位。

在济南铁路机械学校学习期间，最难忘的当属同窗情。我在机制三班上学时担任学习委员，与班里的体育委员陈新年关系很好。陈新年是徐州人，他被老师指定为体育委员，但他对体育一窍不通：一不会打篮球，二不会打排球，三不会打乒乓球，在田径方面也没有专长。我和他学习都很好，身高也差不多，在教室里的座位也很近。因此，我们成了好朋友。

入学后，在9月份学校组织了一次秋季运动会。秋季运动会除了田径项目，男同学还有篮球比赛、拔河比赛，班里的女同学报了排球比赛。排球这个项目，在铁路企业里并不普及，我们班参加排球比赛的女同学都会打，这就很了不起。正式比赛时，我还专门去观看。最后，她们打赢了比赛，取得第一名的好成绩。那年秋季运动会，我们机制三班总分位列全校第三名，学校还因此发给我们班一面锦旗。

一天，班主任谢老师让我统计全班同学学习毛主席著作的情况，我把情况统计好报给谢老师后，没想到几天过后负责政治教育的老师找到我，让我写一篇关于学习毛主席著作的文章，并要我在上政治课时发言。我听后有一点吃惊，但还是按老师的要求办了。这篇文章让我花了几天时间。上政治课时，政治课老师说："今天请王卫兵王老师来讲讲学习毛主席著作的心得体会。"我在下乡时曾读过毛主席的文章，后来也曾给村小学的小学生们上过课，所以在讲台上讲课并不是难事。我的发言得到老师和同学的肯定，这让我非常受鼓舞。

我们那时的年龄都在二十岁以上了，经历过上山下乡的磨炼，又在铁路系统参加了工作，工龄短的在一年以上，工龄长的有五六年的时间，都不是十几岁的小青年。当时班里还有一个女同学，下乡的时间长达8年，这在我们班里算是时间最长的了，很不容易。好在后来按规定，下乡的时间都算工龄。

时间过得很快，我们的专业学习顺利结束后，同学们开始到校办工厂里实习。因为我是工务段来的学生，所以老师安排我去学习操作车床。

车床工，如果是在工厂里，要学习三年才能独立上岗作业。我到校办工厂后，只是跟着厂里的师傅学了开关车床、固定车刀、推进车刀后，师傅就放手让我自己操作车床，加工零件。大概他认为我经过了专业学习，不用多讲，我就都会。那时我对操作车床也并未当回事，接过手来就开始干，现在回想起来真不知是哪来的信心和勇气。其实车床操作有一定的危险性，幸运的是，为期一个星期的车床操作安全无事，工作顺利。

之后，我们又在校办工厂里学习钳工，每个同学需要手工制作一个榔头，好在最后不论好坏都过关了。在校办工厂实习的经历到此告一个段落。

很快，学校又安排我们到济南铁路大厂去实习。济南铁路大厂在槐荫街道，在济南西边，而我们学校在解放桥附近，在济南东边。为此，学校又为我们每个学生办了一张公交车月票。在铁路大厂实习的情况总的来讲还是不错的，这里首先是伙食好，饭菜花样多，价钱也不贵。其次是这里洗澡很方便，不像在学校里洗澡很困难。

在铁路大厂实习时，我和十余名同学去学习钳工。钳工这个活，在工厂里属于慢活。工厂里流传着这么个俗语："紧车工，慢钳工，吊儿郎当干电工。"我在这里实习时，有一天在车间里一不小心踩到一块带钉子的木板，到厂卫生室去看了一下后，我坐上公交车回到长清县的家中。在家里用草药治了几天，受伤的脚没有发炎才又回到铁路大厂去实习。回去后，才知道班里的同学在我离开后找我，他们并不知道我因脚伤回家休养的事情，很担心我。这件事让我十分感动。

在铁路大厂实习了十天后，带队老师来到钳工车间，从车间的废品箱里找出一些报废的机械零件，发给每个同学一个，要求同学们先画出草图，回到学校后再画出正式的图纸。老师在分零件时，挑出一个难度较大的机械零件交给我。我当时看了一下，这个零件别的地方都好画，唯独零件上有个注油孔我不知如何画。实习结束回到教室后，同学们都在忙着画图纸。在这之前老师们还给我们布置了多道毕业题，其中有一道难解的数学题，大概用了五六张纸才算出答案。还有一道力学计算题和一道机床电路设计题，也花了很多时间。我们在实习期间上晚自习时做这三道题，实习结束后，就只剩下制图题了。

我在图纸上标好各种尺寸、公差配合、光洁度后，只有那个注油孔没画好。我看了以往画的图纸和教材，没有找到这方面的资料，最后只好在图纸上做了一个标记，就把图纸交上去了。

几天后，老师挨个把同学叫到办公室去，就上交的实习作业（毕业设计）一一进行谈话。轮到我时，老师问我图纸上的注油孔为什么没画上，我说不知道如何画。制图老师讲了一下，我立刻就明白了，三下五除二就把图弄好了。最后我的毕业作业老师们都给打了五分（满分），毕业成绩优秀，我圆满地结束了在济南铁路机械学校的学习。

从济南铁路机械学校毕业前，我曾利用星期天的时间，到趵突泉公园游玩。这里，很多年前我曾经来过，那时趵突泉的泉水浪花飞舞，三个大泉眼喷出的水花如同三个大花朵，“趵突腾空”一词就是形容趵突泉这三个大泉眼的。那时，进了趵突泉景区内，不论走到哪里都可以看到潺潺流水，清澈的泉水四处流淌，鱼儿自由自在地游来游去，园内倒垂的杨柳随风飘荡。然而，这次我进了趵突泉景区后，发现景区里的泉水没了。我从台阶上往池子里看去，只见池子下面是一片干土。泉水到哪里去了？这可是全国闻名的趵突泉啊。泉城没了泉水，还叫“泉城”吗？

几年后，我从《大众日报》上看到一篇关于趵突泉暂停喷涌的报道，才解开了这个疑问。原因有三：一是济南市（包括郊区）连续几年干旱，影响了地下水的补给；二是济南市的工厂企业大量抽取地下水；三是市内各机关、学校及市民生活大量用水，造成济南市市区地下水水位下降，一度跌破临界点，从而造成趵突泉暂停喷涌这一尴尬的现象。

济南市趵突泉无水的事情，在 1976 年的春天就发生过，从那之后趵突泉的泉水几度停喷。当然，经过政府部门多年努力，济南市地下水下降的问题基本上解决了。从 2003 年下半年到现在，趵突泉已经持续喷涌了 20 多年。

在济南铁路机械学校学习的经历，为我后来参加函授教育打下了基础，是我人生中非常难忘也非常重要的一段经历。

泰安工务段纪事

1975 年 12 月中旬，我离开长清县许寺公社大刘大队知青组到泰安工务段报到。作为大刘大队知青组的第二任组长，在男知青中，我是最后一个离开知青小组的。

到泰安工务段报到时，我们一共去了三个人：一个是刘春阳，一个是毕述军，再加上我。我们报到参加学习时，已有二百多名早报到的青工学员们，在段上学习一个星期的时间了。

在泰安工务段机关大礼堂里学习时，每人发了一本《铁路技术管理规程》，我们主要听工务段负责人在大礼堂的主席台上做报告。我们这些祖辈上从来没有人在铁路上工作过的知青们，对什么是工务段，什么是车务段，什么是电务段，没有一点概念。听了负责人的讲话后，我们才知道工务段就是养护维修铁路线路的单位。当时工务段领导在台上这样调侃工务段的养路工："洋镐耙子破棉袄，远看像个要饭的，近看才知道是工务段的。"

在铁路各部门中，工务段的工作是最辛苦的。我那时认为，工务段的工作虽然辛苦，但对一个年轻人来讲没有什么不好，关键是要把工作做好。在段上学习结束后，我们来到了养路工区里，才真正知道养路工的辛苦和工作难度。

分配工作时，刘春阳和毕述军被分配到宫里养路工区工作，我被分配到新汶养路工区工作。新汶站在磁莱线上是一个较大的车站，新汶还是新汶矿务局的所在地。

铁路工务段主要负责什么呢？第一，管路基。路基是由工程部门负责建设，线路建好之后移交给工务段。第二，管桥梁、隧道。凡是有河道的地方都要架设桥梁，凡是要修建铁路线路的地方，遇有高山时一定要修建隧道。泰安工务段管理的范围内，共有二十多座铁路隧道。第三，管轨道。轨道由道床（石砟）、轨枕（木枕或混凝土轨枕）、钢轨、连接零件、防爬设备及道岔等组成。

工务段养路工有两项最累的工作，一个是更换枕木，一个是拨道。

更换枕木每天每个职工都是有定额要求的，我们那时上班8个小时内，需要从线路上拉出8根旧枕木，再换上8根新枕木。平均每换一根枕木需要用时52分钟，而且还需要相邻的两个职工互相配合才能把新枕木固定牢靠。这个在线路上更换枕木的工作，往往一干就是一个月，工作强度非常大。这种高强度的工作，对一个人的身体和意志都是一种考验。

拨道同样是一项非常累的工作，路局每个季度拉一次轨道车，用以检查各运行线路（正线）的维修质量。在拉轨道车之前，各工区都要组织全体职工到正线上去拨线路的方向，以确保线路方向处在一个良好的状态中。线路方向不好，列车在铁路线路上运行时会发生左右摇摆的问题，因此一点也马虎不得。

拨线路往往一拨就是一整天，每个职工手中都会拿着一根长撬棍，工作时把撬棍插在钢轨的下面，十几个职工在工班长的指挥下，或向左，或向右拨动钢轨枕木调整方向，以使铁路线路保持在一个良好的状态中。职工们拨一天的线路后，往往都有一种头昏脑涨的感觉。

我到新汶养路工区工作后，始终保持着良好的精神状态，在工作中不怕苦不怕累，积极向上。半年后团支部改选，我当选为东都养路领工区团支部副书记，后又参加工务段的轻型轨道车司机培训班，半个月后通过考试，成为工区的一名轻型轨道车司机。这个轻型轨道车司机是不脱产的，每天要多干一些工作，比别的职工多了一副担子和一些责任。

工作一年后，我被泰安工务段保送到济南铁路机械学校去上学。当时工务段去上学的青年职工一共有三个人，我学机制专业，另外两名职工学工程专业。

我从济南铁路机械学校毕业后，返回泰安工务段上班，在东都养路领工区担任记工员一职。东都养路领工区管辖三个养路工区，分别是宫里养路工区、新汶养路工区和东都养路工区。领工区记工员主要负责一些事务性工作，每天统计各工区的生产任务完成情况并上报到工务段调度员那里。另外，还负责全领区的工资报表制作、劳保用品发放等多项事务。

在东都养路领工区工作一年后，我被调到泰安工务段技术室工作，主要负责工务段技术设备的管理工作，如段工厂内的车床、钻床、冲压设备的更新报废。另外，还负责工务段管内各养路工区的机械设备的管理工作，如轻型轨道车、重型轨车、汽油机、柴油机及柴油发电机组等设备。

此外，技术室主任有临时性任务时，也会安排我去做。记得有一年莱芜养路领工区向调度员反映，说张店机务段跑辛泰线的列车超速运行，技术室主任便安排我去测速。当时我乘坐济南到莱芜的客运列车到达莱芜后，换乘到一列由莱芜站开往辛店站的货物列车上。在货物列车起动后，我站在守车内，根据莱芜养路工区事先画好的白线，记录这趟列车在白线间的行车时间。当该列车到达辛店站内时，天已经黑了下来。后来，根据我的计算，这台由张店机务段管辖的蒸汽机车，在牵引运行中确实存在超速行车的问题，证明莱芜养路领工区上报的情况是对的。

列车超速运行，会给行车安全带来很大的隐患，一旦发生事故，会造成车毁人亡的后果。为此，泰安工务段专门给张店机务段发去公函，要求对超速行车的情况进行整改。

1972 年，由于胜利油田原油产量大幅增加，有大量的原油、轻油需要经过胶济铁路线南运到广东深圳出口，但此时正值“文革”期间，张店站到济南站间的铁路线经常发生堵塞，影响原油的运输。为此，铁道部决定修建一条从辛店到泰安的铁路线，以避开张店站和济南站。

修建辛店到泰安的铁路线，需要经过莱芜以东大片的山区。这里崇山峻岭，河道纵横，地形复杂。该线路施工里程 162 千米，沿途需要建设隧道 21 座，建设各种类型桥梁一百余座（包括特大型、大型等各类桥梁），难度极大。

辛泰铁路线从 1973 年全面开工建设，到 1975 年底，历时三年多，克服重重困难最终建成。（注：建设辛泰线用人最多时，有七万余民工）。

此后，辛泰铁路线成立临管部，负责指挥辛泰线的列车行车及铁路线的养护工作。到 1980 年 1 月份，辛泰线临管部撤销，其所管线路分别移交给济南铁路分局和青岛铁路分局。辛泰线临管部移交给济南铁路分局的线路、桥梁和隧道，划归泰安工务段管理。

往事悠悠

一、忆专业学习

1977 年春天，我被保送到济南铁路机械学校（后简称“铁路机校”）去上学。到铁路机校报到后，有几件事让我印象深刻。

第一件事是，到校报到时，我看了一下学校张贴的机制专业的新生榜，从上到下没有找到我的名字。几天后，我在学校大礼堂参加新生开学典礼时，遇到了一位在长清县一中上高中时的同学，他也说起这件事。

第二件事是，当时报名时要求交粮食关系，但在我到校上学前，没有人告诉我这件事情，在开学第二天上午发教材时，因为我的粮食关系没有转交过来，就没有发给我课本。

第三件事是，入校后的当天晚上，老师组织班里的学生进行数学摸底考试，可能因为我考得还不错，在入校的第二天下午，老师宣布让我担任机制三班的学习委员。我们那一届学生，都是济南铁路局各下属单位保送来上学的，而且是最后一届保送生。好在我上高中时，数学、语文等课学得还都不错，虽然从毕业到下乡，再到参加工作已经有好几年的时间没看课本了，但还没完全忘记。

开课后，我终于拿到了自己的课本。我们机制专业的课程主要有数学、电工学、力学、机械设计、机械制图、金属工艺学等。在这些课中，数学是主课，是基础。如果数学学得不好，后边的电工学、力学、机械设计等课都很难学好。

话说回来，那时我们机制三班的同学是由两部分人组成的：一部分是机务段、配件厂等单位保送来的，占多数。他们在上学前就从事机械相关工作，当车工或当钳工，对机械设备有一定的了解。另一部分是从工务段、工程段来的，上学前很少与大型机械设备（特别是机床设备）打交道，对教材上讲的机械方面的知识，感到十分陌生。总的来说，由于我在学校上初中高中时对数学、语文还是比较重视的，因而在基础课、专业课的学习上没有遇到什么困难，在各种考试中，也都是前三名，属于班里的尖子生。

当时在学校里学机制专业，有一个可以算作挑战的课是机械制图。学机械制图要先跟着教材学画图。首先，要知道什么是主视图，什么是侧视图，什么是俯视图。之后，要学会按照要求画设计图，以及对照实物进行制图。图纸需要画得准确，还要标上各种尺寸及公差。

制图是个需要细心对待的事情，不能马虎，标注也要细致清楚。另外，数字和汉字都要写得整齐，不能写得歪歪扭扭的，不像样子。总之，专业课的学习是一件需要细心、认真的事情，绝不可以掉以轻心。

从学校里毕业后，我返回泰安工务段工作了几年的时间，后来因为家庭的原因，调到潍坊西站上班，原来学的专业再没有用过。但这一段时间的专业学习，对我后来的自学，有很大帮助，为我参加“社会学函授大学”的学习，打下了基础。

人的一生中，在学校里上学的时间总是有限的。一个人从学校走向社会，走上工作岗位，还要不断地学习，挤时间去学习，才能不断地进步。

二、忆课余时间

在济南铁路机械学校的校园生活，总的来说不是太紧张。当时我在学习专业课之余，还借了《列宁传》和《马克思传》等书来看，很有收获。

我们班有一个乒乓球打得很好的女同学，记得有一次我们在教学楼上制图课前，我听到旁边一间教室里传来打乒乓球的声音，便推门进去看，发现她与另一位同学在打球，待他们打完一局，我便上前接过那位同学的球拍，与她对打了起来。我们连打两局，我都以 19 ： 21 输掉了（乒乓球计分改革前的计分方式）。临走之前，那个女同学说她曾经是兖州地区“少年女子乒乓球冠军”，这让我多少有点吃惊。其实在下乡前，我乒乓球打得已经很好了，但从下乡后到参加工作、上学前，已经有两年多的时间没有打过乒乓球，输球也是正常。

1978 年 4 月，学校里让各班组织纪念周恩来总理的活动，给了一个星期的时间做准备。我写了一首纪念周总理的诗，这是我写的第一首诗。当时我站在讲台上念这首诗，受到同学们的欢迎。后来，班里还将这首诗送到学校的广播站去广播。

比较难忘的还有打靶的事情。记得那是 1978 年的 5 月，机制三班参加学校武装部组织的打靶训练。开始训练时，用的是苏制步骑枪，没有刺刀。大约训练了一星期，开始打靶。打靶是在南郊的一个专用靶场上，用的是 56 式半自动步枪，每个学生发 5 发子弹，靶子距离我们约 100 米。每 10 名同学为一组，对面是 10 个靶子。打靶前，教官说："大家要看好自己对面的靶子，不要把子弹打到别人的靶子上。"

我出身于军人家庭，而且上初中时就看过步枪射击的教材，知道如何用步枪打固定靶：射击前要让准星从靶子的上部往下落，落到靶心时，即可开枪射击。

开始打靶了，我手中的步枪是在旁边的同学打响之后才打响的。等 5 发子弹打完，报靶员报完靶子后，教官说："王卫兵，打了一个 6 环，一个 9 环，三个 10 环，共计 45 环。"之后他又说："有两个同学打靶时，10 发子弹打到一个靶子上，选取最高的环数，也是 45 环。"打靶结束后，我得知我们班最高的靶数就是 45 环。对这个成绩，我还是很满意的：作为一名军人的后代，我对得起老父亲。

三、忆徐州行

毕业前，班里团支部组织了一次到徐州参观淮海战役纪念馆的活动。团支部到学校的行政科开了一张集体票，我们全班同学乘坐济南至徐州的夜间列车前往徐州。

列车到达徐州后，同学们在饭店里简单吃了点早饭，便乘坐公交车来到了淮海战役纪念馆。淮海战役纪念馆建设得庄严而朴实，我们全班同学进馆后，认真地聆听了讲解员关于淮海战役的介绍。

淮海战役，是在济南战役结束后，由华东野战军副司令员粟裕同志提出来的。后经中央的批准，设立了淮海战役前线指挥部。由陈毅同志担任司令员，邓小平同志担任政委，粟裕同志担任副司令员，另有谭震林、饶漱石等人组成前线指挥部。据历史记载，淮海战役是从 1948 年 11 月 6 日开始的，到 1949 年 1 月 10 日结束，历时 66 天。战役开始后，人民解放军华东野战军首先消灭了国民党黄百韬兵团，后又消灭了黄维兵团，之后，歼灭了杜聿明集团，俘获了杜聿明。淮海战役歼灭和争取起义投诚国民党军队共计 55.5 万余人，创造了以 60 万兵力打败 80 万敌军的奇迹。

淮海战役纪念馆的展柜里存放着部分缴获的美制装备，包括手枪、步枪、冲锋枪、轻机枪、重机枪等武器，馆内以大量的淮海战役战场的照片为主。照片上显示，华东野战军当年在战场上还缴获了大量的美制重装备，包括坦克、汽车、大炮等重武器。俘虏的国民党军队的军官和士兵，一排排、一队队被押下战场。当然，打这场淮海战役，华东野战军也付出了惨重的代价，牺牲了很多干部和战士。从纪念馆里可以看到，烈士们的名册摞成一米高，一排排整齐地摆放在展柜里，让人泪目。

淮海战役中人民军队牺牲的高级将领，从纵队司令员（军级），到师、团级干部都有。我们在纪念馆里可以感受到当年战场上战鼓争鸣的场景，一幅幅战争画面，穿越时空扑面而来。

在离开淮海战役纪念馆时，我们的心情很沉重。先辈们在战场上前赴后继，奋勇杀敌为了什么？不就是为了我们今天的美好生活吗？我们要记住这些为了共和国的诞生而壮烈牺牲的先烈们。为了新中国的诞生，他们献出了宝贵的生命。淮海战役的胜利，是以人民解放军伤亡 18 万人的代价换来的。

毛主席在回韶山时曾写过一首诗，他在诗中这样写道：“为有牺牲多壮志，敢教日月换新天。”

我对农业的认识

我小时候与农民的子女打交道的时间要多一些。下乡后，我对农村、农业、农民有了更深的认识和了解。

那时候在农村，生产队里的牛、马、骡等大牲口，都是在大队里集中喂养。农村的大牲口平日里都吃玉米秸秆。这个玉米秸秆，首先要用大铡刀铡成一寸长的样子，在喂牲口时还要再加上一些精饲料。精饲料主要是碎玉米、碎豆饼，有时也用粉碎的高粱米。如果是在夏秋季节，山野里、道路旁长有青草时，生产队还会让村里的大孩子放学后到野外去割草，送到大队的饲养场里，过秤后铡碎喂养大牲口。这个青草过秤后会记工分，到年底折算成现金分给家长。

20 世纪 80 年代前，农村里，牛、马、骡等大牲口是农业生产的重要工具，国家明令禁止杀牛杀马，除非这些大牲口自然死亡或因意外死亡。

下乡前，我们所在的炮兵部队的营房，多建在距县城较远的地方，营房外都是农田，因而我们对何时种小麦，何时种玉米、大豆、地瓜都比较了解。同时，我们对田间地头及山上山下的野草，认识得也比较多一些。比如，农业专家讲：“谷子是从一种叫‘狗尾巴草’的植物，由古人选育培养而来的。”这个“狗尾巴草”，我们小时候就认识，那时我们常说：“狗尾巴草，随风倒。”狗尾巴草在秋天长出穗来后，其外形特别像谷子，只是它的穗要比谷子穗小太多，籽粒也很小。

再比如绿豆，我在益都县城上学时，在山坡里就曾见过野生的绿豆。野生的绿豆植株矮小，豆荚长成后呈绿色，秋天时豆荚变为黑色并自动爆开，小小的绿豆粒便掉落在地上。野生绿豆比我们在超市里、集市上买到的绿豆要小许多，大约只有它的二分之一那么大。

人类对客观事物的认识，是从低级到高级一步一步发展的，这与人类社会的发展是同步的。我们普通人，对植物、对动物的认识大都很有限，略知其一二吧。

我对农村的认识

我从小就长在部队大院里。1957 年，随父母从辽宁省沈阳市迁到山东省益都县，在益都尧王山下的军营里住了 9 年的时间。

为什么用“我对农村的认识”作为标题？一般情况下，部队营房大多建在县城以外的地方。这样，部队营房的周围就都是村庄和农田。正因为如此，我们那些从小长在部队里的干部子女，少不了有农村的同学，也少不了到村庄、到农田里去走走看看，这就使得我们从小就对农村、农田有一个初步的认识。

这里先讲我在益都县城上小学时，放了假后到农村里玩的情况。记得那是上四年级时，星期天放了假，我们几个部队子女到师部北边去玩。当时在营房北面有一个村庄距师部很近，大约只有 200 米远，中间只隔了一条上山的路和一个打谷场（在这个村庄的东边是炮 67 师 625 团）。

秋天，农村里已经开始割豆秧。豆秧割下后，便放在打谷场上进行晾晒。我们到村中的打谷场时，只听见一片蝈蝈的叫声。仔细看去，很快便发现在豆秧上有许多蝈蝈。蝈蝈很灵敏，当它们发现受到威胁时，立刻向豆秧的下边爬去。那个时候，捉蝈蝈对我们来说也是一件乐事。

益都县的每个村庄都种有许多的果树，如柿子树、山楂树、枣树、杏树等。记得有一天我们遇见几个村里的孩子，年龄跟我们差不多大，他们领着我们在村外的柿子树上摘下几枝快长熟的柿子，然后告诉我们回家后用温水泡一天，让柿子加快成熟，去皮后就能吃。这是我第一次吃到柿子，感觉还很甜。

“文革”开始后不久我们家搬到了长清县，在部队营房的南边也有一个村庄，叫周村（部队建营房的土地，就是这个村的）。到长清后不久，我开始上小学六年级了。

当时，部队在营房外征地建了一所学校，我们班里除了部队的干部子女外，就是这个村里的学生。在这里，随着年龄的增长，我对农村的认识更加深刻，知道小麦是在秋天种，在麦子发芽后入冬前还要浇一遍水，以防止小麦过冬时因天气干旱而死亡。第二年入春后，在小麦开始生长前还要再浇一遍水，以促使其快一点生长。秋天种的小麦叫冬麦，这是因为麦苗要在农田里过冬。在东北地区，小麦是在春天才播种，所以叫春麦。冬小麦要比春小麦好吃，这是因为它生长的时间长。

再一个，农村的土地分等级，什么样的土地种什么样的庄稼都是有规定的。比方说质量好的土地（水浇地），普遍用来种小麦或玉米。而浇不上水的土地、土质差的农田，一般用来种耐旱的农作物，如大豆、高粱、谷子、地瓜等。特别是山地，一般都用来种地瓜。那时，在我们每月供应的口粮中就有地瓜面这种粮食（粗粮）。

改革开放前，当地每亩小麦的产量只有四五百斤，这就是高产了，在山区里小麦的产量还要低。那时，小麦收割后主要是种地瓜，这时种的地瓜叫夏地瓜。夏地瓜生长的时间短、产量低，刨出来的地瓜都是细长条的形状。这种地瓜不能晒地瓜干，只能煮着吃。

夏地瓜在种小麦前就要刨出来，以免影响种冬小麦。改革开放前没有夏玉米这种农作物，即使偶然有在农田边上自己长出来的玉米秧，到秋天时玉米也长不成熟，也就是刚到灌浆的样子吧。夏玉米是改革开放后才培育出的新品种，生长季节短，还要在收小麦前就要种到田埂上。

当我们住到了农村里，开始与土地打交道，才真正知道了什么是农民。

相知无远近，万里尚为邻

每个人都有自己的历史，每一代人都有自己那一代人的历史。这篇文章，是为了怀念我们大刘村知青组的一位成员张未来。

张未来，比我小两岁，是原高炮 69 师张副参谋长家的第二个孩子。他们家原来住在炮 69 师 637 团，大概在 1973 年时搬到师部。

我与张未来相熟，是在下乡之后。在《上山下乡纪事》中，我将自己与张未来一起下乡时的情况写了一下。张未来那时 17 岁，个头长得矮，身体也较瘦，看上去有点弱不禁风。

下乡后，我先在大刘大队第四小队参加劳动，后到大队担任广播员，而张未来则一直在小队里。由于我们两人下乡时部队没发给生产工具，故而张未来在小队里也没干什么农活，我有一次看到他被生产队派到集市上去卖菜。

除此之外，我在知青小组里管理伙食，需要给伙房买粮食时，我也时常叫着张未来一块去粮库买粮食。那时买粮食需要人工背回家，没有车辆可以用。每次买粮回来，我们两人各背着三十斤面粉往回走。

1975年的春天，大队分给知青小组一块菜地，地整好后，我让张未来回家拿了些青豆种来。之后，我把他拿来的青豆种到了菜地里。到秋天时，张未来把青豆秧拔回来，摘了豆角在伙房里煮熟后，与小组里的几个成员分着吃了。

这一年的夏天，我给了刘春阳与张未来10元钱，让他们从村里一个社员家里买了五六只小兔子来。之后，他们几个人在知青住的大院子里建了一个兔子窝，等小兔子长到两斤左右时，一天晚上竟让人给偷走了，一只兔子都没剩，白忙了几个月。那个时候没有防范的意识，没想到晚上会有人去偷兔子。

1975年12月，济南铁路局在长清县招工，张未来先走了，他被分配到新汶车务段，而我则是大刘知青组男生中最后一个招工走的。我与小组成员中的刘春阳和南如知青小组的毕述军，是最后一批离开部队大院的，我们一起到泰安工务段报到。在段上学习结束后，我与刘春阳、毕述军都被分配到磁窑到莱芜这条铁路支线的养路工区里上班，我在新汶工区，刘春阳与毕述军在宫里工区上班。这时，我才知道张未来分到了新汶车务段，他后来在东都车站干调车员。

在车务段做调车工作是很辛苦的，也有一定风险，稍有疏忽容易出行车事故，这是我从泰安工务段调到潍坊车务段潍坊西站后才知道的。过去我在工务段工作时，对车务段的工作并不完全了解。

东都站在磁窑至莱芜这条铁路支线上，是一个比较大的车站。不论是客运列车还是货运列车，从磁窑往莱芜方向开出后（从西往东行驶），都要在东都车站更换车头转向，然后通过岔线向北方行驶才能到莱芜站。东都车站设立的铁路单位也非常多。泰安工务段在这里设有养路工区、养路领工区，泰安电务段在这里设有信号工区、电话所，兖州机务段在这里设有机务折返段，济南公安分处在这里设有派出所，还有行车公寓、卫生所、列检等多个单位。我在泰安工务段技术室工作时，到过泰安工务段管内的所有养路工区，其中就包括磁窑至莱芜这条铁路支线的各养路工区。

我在济南铁路机械学校上学时，张未来和武卫民曾到学校找过我。那时我们没有地方去，因是中午，就在宿舍门前讲了讲我上学的情况。

1984 年，我从泰安工务段技术室调走后，便与张未来、武卫民等同学失去了联系，一直到退休后，才在长清聚会时与武卫民、李成钢、刘春阳等人联系上。之后，2017 年 4 月，武卫民把大刘知青组的多数成员聚在了一起，我才又见到了张未来，另外还有王曼华、王凤云、张永萍、李汉威、刘春阳等人。这一次见到张未来，我发现他完全变了样，变高了，人也长胖了，再不是下乡时和参加工作头几年的那个样子了。一别 30 年，鬓角已斑白。

这时的张未来还没有退休，他说他在某公司当副总。听他讲，这些年他的经历也有一点曲折。他曾经外出务工 3 年，退休时他的工龄只有 38 年。

我在退休后的几年时间里，先后创作了《沂蒙儿女》和《热血与忠诚》两部长篇小说。为了出版这两部小说，那几年我每年都要到济南去一次，每次去都是张未来、李成钢、武卫民和宋德奎几人到济南站接我。有一年到济南长清区去聚会时，张未来还专门开车到济南站接我。上车后，他说：“卫兵，为了接你，我在济南站站前街的路上开车转了好几圈，一停车交警就来查。”

这就是我们同学、朋友间的关系。

人的一生说长也长，说短也短，能交到几个知心朋友足矣。而我们大刘庄知青组的同学们，都是一生中不可多得的知心朋友。正因为如此，我在退休后的几年时间里，专门为同学们制作了三大本纪念册。这三大本纪念册的封面标题分别为：《为历史留痕，为后人留迹》（2017 年 4 月 28 日），《天高任鸟飞，海阔凭鱼跃》（2018 年 5 月 9 日），《相知无远近，万里尚为邻》（2020 年 8 月 30 日）。这三大本纪念册，把我们大刘庄知青组同学们这几年聚会的照片都放了进去，作为我们永久的纪念。

时光如梭，一晃几年的时间过去了。2023 年 2 月 24 日，张未来突然因病去世了。听到这个消息，我和大刘知青组的同学们都非常震惊，也感到很痛心。张未来，这才退休了几年的时间！

我心情久久不能平静，便给在济南的武卫民打了个电话，我说我要给未来的家属转点钱去，以表达我悼念张未来的心意，武卫民同意我的意见。

我们这些人没有经历过炮火硝烟，没有惊天动地的大事，只是一些平凡的人。

相知无远近，万里尚为邻。

长沙行

——忆 1972 年参观毛主席青年时期工作学习纪念地

1972 年秋天高中毕业后，母亲带我去了一趟湖南长沙的姥爷家。这一次长沙行对我的一生影响很大。

那时的火车主要是慢车，快车很少，更没有现在的动车、高铁。我跟母亲坐上火车后，经过长达两个白天、一个夜晚的长途旅行，先后经过郑州、武汉等地，终于到达了长沙站。

我们到长沙前，我的几个舅舅都提前等在家里了。我母亲在她的兄弟姐妹中排行老二，参加工作早。在我的几个舅舅还在学校里上学时，母亲已经按月往家里寄钱，资助几个舅舅和小姨上学，他们的感情特别深。

到了姥爷家后，舅舅们便陪着我和母亲，到长沙市内多个纪念景点去参观。

我们去的第一个地方是“中共湘区委员会旧址”。1921 年 7 月，毛泽东与何叔衡出席了中国共产党第一次代表大会，归来后，成立了中国共产党湖南支部。1922 年 5 月，建立了中共湘区委员会，毛泽东任书记。中共湘区委员会这个地方还有一个名字，叫清水塘。这个称呼，是因当年农舍门前有一个很大的清水塘而得名。新中国成立后，这里的旧房都被拆除，改建成一个很大的纪念馆，但那个大清水塘直到现在还保留着，我还在那里拍了一张照片留作纪念。

我跟母亲、舅舅到那里参观时，馆内空无一人。纪念馆里摆放了许多展品及文字展板，用以介绍毛主席及中共湘区委员会早期的革命活动。在这里，我第一次了解到中国共产党创建前后的情况，看到了中国共产党早期使用的旗帜。中国共产党成立后，为了反抗国民党的反动统治和大屠杀，先后发动了南昌起义和秋收起义，中国的历史从此发生了大转变。

参观完清水塘后，我跟母亲去了长沙市中山东路上的“船山学社”。1921 年，毛泽东、何叔衡等人为了集合人才、培养干部，利用“船山学社”社址创办了自修大学，为中国共产党的发展，储备了许多人才。在这里，我第一次听到“自修大学”这个名词。

几天后，我和母亲在舅舅的陪同下，去了岳麓山。岳麓山在长沙市的西边，湘江的西岸。据南北朝刘宋时《南岳记》载：“南岳周围八百里，回雁为首，岳麓为足。”岳麓山方圆 8 平方千米，海拔 297 米（一说 300.8 米）。山不算高，但位置很重要。这里有高低起伏的大小山峰，延绵不断。在抗战时期的长沙保卫战中，岳麓山曾经是国民党守军在城外驻守的唯一一处制高点。我们当年上山时，还能看到山路旁有一些人工挖的工事（战壕），残留在弯弯曲曲的山坡上。

岳麓山在当地也是一座名山了。山上建有岳麓书院、爱晚亭、麓山寺等古建筑。与北方的山不同，岳麓山上有很多大树，遮天蔽日，满山遍野，为游人带来了凉爽和新鲜的空气。

从岳麓山下来后，我们经湘江大桥来到了橘子洲。我曾经看到一张照片，是毛主席回湖南登上橘子洲时，与当地少先队员的合影，因此我对这里的印象非常深刻。橘子洲在长沙市西边的湘江中，是一个江心岛。从古至今，一代代农民在岛上种植橘子树，故而得名。毛主席青年时代在长沙上学时，经常在橘子洲附近的江水中游泳，并写下《沁园春·长沙》：“独立寒秋，湘江北去，橘子洲头。看万山红遍，层林尽染，漫江碧透，百舸争流。”我站在湘江边上放眼望去，山清水秀，天高江宽，一片秀丽的景色。

第二天，我与母亲又去了湖南第一师范学院，这里是毛主席青年时代读书学习的地方。由于当时在特殊时期，全国高等学校多数都停止了招生，我们去时学校里没有学生上课。

我和母亲在长沙的那几天，天气一直不太好，时常阴雨蒙蒙。这天天气终于好转，天高云淡，我跟母亲和小姨坐上火车去了韶山。我上初中学习毛主席的诗词时，就知道毛主席的老家在韶山，因此这里也成了我向往的地方。

建在韶山冲里的毛主席故居很简朴，除了几间房子和农具外，别无他物。毛主席的弟弟和堂妹，当年都跟随毛主席参加了革命，并且都在战争年代牺牲了。毛主席在 1959 年 6 月回韶山时，曾写了一篇《七律·到韶山》的诗。在这首诗中毛主席写道：“为有牺牲多壮志，敢教日月换新天。”

长沙是一座美丽的城市，是中国共产党一代伟人成长的地方，值得人们去参观访问。

登泰山观云海

我参加工作后，先后爬过三次泰山。第一次是在泰安工务段参加工作时，学习结束后爬的泰山。第二次是在济铁机校上学时跟同学一起在夜间爬了一次泰山，第二天清晨我们一起在泰山顶上观日出。第三次是我弟弟在部队转为干部，回潍坊探望父母时，跟我到泰安爬了一次泰山。每次爬泰山，感受都不同。

泰山的名气大，古已有之。据传夏、商、周三代即有君主前往泰山祷祠；秦始皇统一六国后，便开始巡游泰山；清朝时，乾隆曾 6 次登顶泰山……古代的帝王们对巡游泰山非常重视，印证了泰山在古人心中无法撼动的地位。

古人中，大诗人杜甫登泰山后写的《望岳》一诗流传千古。“岱宗夫如何？齐鲁青未了。”诗中用的这个“岱宗”，是古人对泰山的一种称呼。而泰山在战国时处在齐国与鲁国的交界处，这里曾发生过一场战争，即“长勺之战”。这场大战，以齐国败、鲁国胜而告终。我们在上中学时学过的名为《曹刿论战》的课文，其内容就是讲“长勺之战”。在这篇文章中，“一鼓作气，再而衰，三而竭”的作战方式，已经成为我们脑海中的经典名句。

“造化钟神秀，阴阳割昏晓。”泰山主峰海拔约1532.8米，气势磅礴，高大雄伟。泰山脚下群山连绵，长宽达几百平方公里。站在泰山之巅，在天晴的时候向西可以看见远在天边的黄河，像玉带一样蜿蜒曲折；向东可以观日出，别有一番情趣在心头。

“荡胸生层云，决眦入归鸟。”正因为泰山海拔高，站在泰山主峰之上，极目远望，云海茫茫。观云海，不论风云如何变幻，做人都要胸怀坦荡。

“会当凌绝顶，一览众山小。”在这里，大诗人杜甫把泰山的雄伟壮观都写进了诗中。不登泰山，不知泰山之雄伟；不登泰山，不知泰山脚下群山之矮小。站得高看得远，才能一览众山小。

登泰山，观日出日落，看云海苍茫，可以给登山者带来无穷的感想，古今皆如此。

沂蒙山区两日游

2020 年 7 月 6 日早上 8 点多，儿子开着车，带着我、儿媳和孙子，去沂蒙山区旅游。

本来我不想去，但转念一想，我研究沂蒙山区抗战史已有十余年时间，却从来没到过沂蒙山区，这次到实地看看那里的地形地貌、经济等情况，日后如果有人问起来也可以讲出个一二三。

现在交通发达，全省都通了高速公路。我们开着车一路向西，过了收费站后便上了高速公路，朝青州市方向驶去，到青州东后转向南，朝临朐方向开过去。我在写《沂蒙儿女》这部小说时，写过抗战时期八路军曾在临朐的五井镇与日军打过一次仗，并取得了胜利。当然，小说里的故事与历史并不完全一致。

汽车一路前行，经过齐长城后到达沂水县城东。日军侵华战争期间曾驻扎在沂水城内，并在这里杀害了许多八路军。据说，鲁中军区首任司令员刘海涛、中共中央山东分局书记朱瑞的妻子陈若克就牺牲在这里。

越过沂水县之后，汽车经过沂南县后转向了费县方向。沿途经过几座大桥，从车上可以看到河水不深，岸边有大片农田，农田里种着夏玉米，才刚刚长起。

车从费县下高速后，经过了费县县城。感觉这里不大，像是一个新建的县城。回到潍坊后我查了一下地图，果然老城离这个新城还有几十公里。

汽车过了费县之后一路朝西北方向行驶，我们的目的地是一个叫百花峪旅游区的地方。到达百花峪村时，已经是下午 1 点多钟。我们离开县乡公路后从北面进山，这里是一条很长的大山谷，约有五公里。进山的公路一边靠山，另一边是一条河沟，越往山里走，这条河沟越深。

到达目的地后，我们选择住在百花峪村村委会建的一座旅馆内。这里的住宿条件还不错，是按照城市宾馆的标准来布置的。房间里空间较大，床上的被褥也很干净，有卫生间，还有空调，有热水。

安排好住处后，我们离开旅店往山下走去，来到百花山谷的大桥上。我在这里看了一下大桥附近山上的情况。我在写小说时讲沂蒙地区山大沟深，山套山，从我们到达百花峪后就可以看到这里有多座大山，山与山之间有的距离较远，约有几公里的距离；而在村委会驻地，这里山与山间的距离却很近，几乎是山脚连着山脚，中间只隔着一条河水冲刷出来的河道。只见南面山上满山都是树，一片郁郁葱葱。我们在此照了一些照片，留作纪念。随后，儿子一家三口爬山去了。

我从小在部队长大，部队的营房多数建在山脚下。我在益都县城上学时，曾先后爬过云门山、驼山和营房西边的尧王山，所以见过的山也不少。但像百花峪山谷内生长着各种各样大大小小树的山，在山东真不多见。

下午五点多钟，儿子一家三口回到旅馆，我们开始找地方吃饭。百花峪开发成旅游区后，开饭店的村民不少，这里的饭店都用“××山庄”来命名。我们经旅馆服务员的介绍，开车走了约1.5公里后，来到一个叫“惠源山庄”的农家饭店里吃饭。这里距公路约有200米远，院内大树小树遮天蔽日，非常凉爽。我到后看了一下这家饭店内的情况，感觉还可以。当时店里不忙，只有我们四口人到这里吃饭。这个店的外面地方很大，还紧靠着一条小河。这是我们进山后看到的第二条河。河水不大，但一直奔流不息。再往东还长有大片的树林，真是绿水青山。

这一路我看到满山遍野的树木，但并未见到农田。我感觉，在这个大山谷里并不缺水，但是要种庄稼，就需要把水从河里引到农田里，这需要安装许多抽水机才行，而种树则不用。回到旅馆后，我与店老板聊天时证实了我的想法。他讲，这山里不缺树，也不缺水果，就是缺粮食。这里有桃树、梨树、板栗树、核桃树、苹果树等各种果树，但要收获果实后卖出钱来才能去买粮食。

晚饭后回到旅馆我开始休息，一夜无语。唯一遗憾的是窗外一户村民家里养的鸡，早上五点钟就开始打鸣。

第二天早饭后，我本打算跟着儿子一家一起沿着上山的公路往山上走走，但这上山的路越走越陡，走了大约500米我就出汗了。我跟儿子说：“我不去了。”在往回走时，我注意到公路的两边都有深沟，在沟的下边和河岸边上生长着一些高大的乔木，其中有一种叫枫杨的大树，这种树我在山东其他地方没见过。枫杨树长得高大挺直，看上去顶天立地，十分壮观。

其中路边一棵大枫杨树还是蒙山旅游度假办事处的保护树。这棵大树的铭牌上写着几行字：学名“枫杨”，别名：枰柳、麻柳。科属：胡桃科，枫杨属。保护等级：三级。编号：014。除了这棵大枫杨树，路边挂牌保护的还有板栗树。在这里，受保护的高大古树名木随处可见。

回到旅馆、进大门前，我又注意到旅馆大门左侧摆放的两个长方形的木质物品，它们上下摞在一起，看来在这里放了很长时间了。我在昨天就注意到这两个不起眼的物品了。今天回来后，正好负责接待住宿的老同志坐在门前，我就问他：“这两个东西有点像土炮？”他说：“对，这就是土炮，是解放前留下来的。”他的这个回答证实了我的看法和猜测。这些年我为写小说，认真研究过土地革命时期和抗战时期红军、八路军、新四军使用过的武器装备。在《少年红军》这部小说中就写过在鄂豫皖苏区时，红军使用过“松树炮”“枫树炮”等武器，而眼前的这两门土炮在制造时，兵工厂在其尾部加装了可以装填火药的铁制部件，在炮身的前端加装了一根长约50厘米的铁制炮管，而中间则是用木头衔接。我从其中一个土炮炮口处朝里看去，可以看到炮尾处的亮光。也就是说，这段木头的中间打了圆孔，可以当炮管来使用。当年在制造这门土炮时，应该是考虑到火药发射时，炮口处的温度较高，才加装了一段铁制炮管，这样这两门土炮就更耐用了。门口这位老同志说：“上面这个土炮用的是枣木，下面的土炮用的是枫木，它们的花纹不一样。”我一看确实是这样，用枣木制作的土炮花纹比较复杂，而用枫树制作的土炮花纹细密通顺，枣木与枫木的木质都很坚硬。这两门土炮保留到现在，也有八十多年的历史了，有很高的文物价值。之后，我在村委会入口处，看见地上立着一个铁柱子，上面有多个铁制标牌。其中一个标牌上写着："百花峪战斗纪念馆。"这就证实了这两门土炮是参加过对日作战的，功不可没。

除了这两门土炮外，在我们走之前，我还意外发现在进门大厅木质屏风后面的一张桌子上，摆放了一个斗。斗是旧时一种计量粮食的量器，我小时在电影中看见过，上小学时语文课本中也讲到过，这是第一次见到实物。我那儿子、儿媳和孙子都没见过这个物品，也都好奇地围上来看。"一斗米""车载斗量"里讲的"斗"，就是这个物品。之后，我在结账柜台的后面还看到了风箱这个物品。风箱在我们下乡时用过，是做饭时给大锅灶鼓风用的，现在在农村里也不再使用了，能保留下来很不容易。谚语"老鼠钻进风箱里，两头受气"，讲的就是这个风箱。

吃过午饭后，我们准备返程了。开车往山下走时，儿子说要到孟良崮战役纪念馆去参观。我曾在"星火燎原"丛书第八卷中看到何克希写的《孟良崮上火如潮》，还看到过江毅写的《国民党74师为什么在孟良崮战役中被全歼》的文章，因此我对孟良崮这个地名并不生疏。从地图上看，百花峪旅游区在西边，而孟良崮旅游区在东边，直线距离也就几十公里。汽车走到垛庄后，我就知道离孟良崮不远了。

垛庄，当年在战场上也是一个很有名的地方。江毅的文章中这样写："5月11日晚，为了加快进攻的速度，张灵甫命令部队打着火把抢修垛庄一带的公路……"当张灵甫率领74师离开垛庄，行进到孟良崮脚下后，解放军华东野战军第6纵队发动进攻，歼灭守敌并占领垛庄，一举切断了敌74师的退路。至此，国民党74师在孟良崮地区被解放军华东野战军包围了。激战至16日下午，华野各部攻占孟良崮主峰，击毙敌师长张灵甫，全歼敌74师。垛庄也因此战被载入史册。

到达孟良崮战役纪念馆后，首先看到一个占地面积很大的广场，一座高大的雕像立在纪念馆广场的北侧，这是一座战争年代粟裕将军与陈毅元帅的石雕像。广场的西侧摆放了一辆坦克和一门榴弹炮。我们来到坦克跟前后，发现这是一辆苏制T–34型主战坦克，坦克炮口径85毫米，标牌上介绍这辆坦克参加过抗美援朝战争。榴弹炮的展位标牌上介绍该炮为122毫米榴弹炮，参加过解放战争和抗美援朝战争。

广场正中矗立着孟良崮战役纪念馆，这是一座很雄伟的建筑，其外形如同一座大山耸立在沂蒙大地上。我们一行人沿着路牌的指引，来到纪念馆的入口。

展馆中布置了众多大幅照片和实物，展示当年孟良崮战役的过程和胜利。在武器展品中，馆内收藏有两挺加拿大制造的“七九勃然”轻机枪和一挺瑞士产的轻机枪，以及缴获的国民党兵工厂造的民24式马克沁水冷重机枪，美制M1903A1步枪、中正式和汉阳造步枪，美制汤姆逊冲锋枪。馆内展出的捷克式轻机枪的枪身上没有弹匣，这是一个小遗憾。捷克式轻机枪与加拿大造的“七九勃然”轻机枪口径相同，只是在枪身上有一些差别。在火炮的实物展品中，有美制的81毫米迫击炮、美制60毫米迫击炮和国民党兵工厂造的民20式82毫米迫击炮。展厅的最后，展示了一支38式步枪和一挺92式重机枪（日本造），以及山东民兵使用过的土枪和八路军兵工厂制造带有枪栓的步枪。这些年来我一直在研究红军、八路军、新四军的作战史，经常从各种军事杂志上看到这些武器装备的照片，这次在孟良崮战役纪念馆中看到实物，我非常高兴。

另外，我们还看到一辆解放战争中缴获的美制坦克。美制坦克在履带的悬挂系统及外形上与苏制 T 系列坦克有很大的不同，很好辨认。

参观完孟良崮战役纪念馆后，我们开始了回程。走在路上，我开始回忆这两天的行程，一路上经过沂蒙山区多个县市，走马观花，管中窥豹，既看了历史又看了沂蒙山区现在的情况，对这里的情况有了一个大概的了解和认识。山区有山区的难处，山区的青年人多数都外出打工了，留在村里的青年少之又少，也许这种现象就是一个趋势吧。

旧地重游青州城

2023 年 7 月 1 日，儿子开车带上我和孙子王天天，一行三人一路朝西南方向的青州城驰去。在这之前，我曾对儿子说想到青州去看看，看看小时候住过的益都县（青州旧称）的变化。

我在《在益都县生活的回忆》一文中，把我 1967 年离开之前，在该县生活的情况写了写。退休之后，特别是最近几年，我从报纸上、网络上看到青州发生了许多变化，就想亲自走一趟，亲身感受一下。

云门山

出发后，儿子决定不走高速，直接走省道从青州城城南开到云门山脚下。

车一路朝西南方向开去，走到昌乐县乔官镇后，便一路朝西行驶。进入青州城区前，首先要经过一条河——弥河。弥河在山东省境内也算是一条大河了，我从车上朝桥下望去，河床上只有很浅一点水，现在山东省还没有进入雨季。车开得很快，上午 9 点多钟已经到了青州城城南。我从车上朝青州城南的城墙望去，很容易看出南城墙经过重修，已经不是 1967 年时那个破败的样子了。

云门山，是距离青州城最近的一座山，还是一座名气很大的山。

在《中国名胜词典》中，是这样介绍云门山的：云门山，海拔 421 米，在山东益都县[①]南。风景绝幽，山顶有石窟和云门洞，夏秋时白云缭绕，穿洞而过。远望云门洞，如玉镜高悬，故有“云门拱壁”之称，为“青州八景”之一。崖南有石窟造像。山北崖壁镌刻一大“寿”字。寿字高 7.5 米，宽 3.7 米，气势磅礴。

我小时候跟父母及姐妹们，在益都县住了 10 年，我和姐姐还在益都师范附小上过学。记得四年级时，老师组织我们步行爬过一次云门山。云门山位于青州城南 2.5 公里，当时走着去也没有人感觉累。那时的云门山及其周围的大小山头，都是荒山野岭，没有什么树，同学们上山时也是随意走，不论有道没道，爬到山顶是目的。那次爬云门山，山上的“寿”字给我留下的印象最深刻，人站在“寿”字下，还没有“寸”高。

几十年后，再次来到这里，我发现云门山的变化太大了，漫山遍野的柏树，已经长到两人那么高。站在云门山上，方圆十几里地一览无余。周围座座山峰连绵起伏，层峦叠嶂，一片郁郁葱葱。

在上山的途中，我们路过半山腰的望寿阁时专门进去看了

---

① 我用的这本《中国名胜词典》，是 1991 年 5 月出版的，当时仍在用“益都县”这个县名。

看。望寿阁是一个道院，不是很大，大门里面建有一座三星殿。当我们在三星殿周围看风景时，偶然看到西北方向一座山下，有一大片红墙金顶的建筑群。我想起到青州前，从《潍坊晚报》上看到介绍青州市旅游风景区的图片，断定那里就是青州市近些年建起来的龙兴寺。龙兴寺在阳光的照耀下熠熠生辉。

很快，我们来到了云门洞。云门洞是一处很有名的景点，很多游客来此参观、留影，还会穿洞而过，从山南东侧经山路爬到云门山的山顶浏览参观。在此，我说一点自己对云门洞形成的看法。

一、从云门山北山上的云门洞位置来看，距离山顶还有 20 多米高，这里的岩石多数都是大青石，垂直 90 度。但从“寿”字的底部到云门洞一线的岩石来看，是由片岩组成的，其高度 2 ~ 4 米不等。同时，从云门洞所在的位置来看，正是云门山山体最窄处。这个云门洞，应该是人工开凿修建而成的山洞，因为在云门洞的东侧有一段人工修建而成的石墙（用片石修建而成）。这段石墙下部建在山体的石头上，上面顶在山崖突出的部位上，而且是采用垒砖墙的办法，用片石垒起来的（没用任何粘接材料，如石灰等）。这些片石，有可能是开凿山洞时，从洞内拆出来，然后修建了这堵石墙。

二、开了这个云门洞之后，古人就很容易从山的北面到山的南面，从事修建寺院、开凿石窟等工作。我在穿过云门洞之后看到一个牌子，上书“大云寺遗址”。牌子上还写道：“原名云门寺，武则天武周王朝（690—705）更名大云寺。明景泰年间（1450—1457）迁建于云门山南麓。现有石刻、石窟等遗存多处，造像数百尊。”

从这段文字看，武周王朝前先在云门山北建了云门寺，开凿出云门洞之后，在明景泰年间，把更名为大云寺的寺庙迁到了云门山南麓，并在山南的石崖上开凿了众多的石窟，建造了许多佛像。

从云门山下来后，我们在山下的停车场休息了一会儿，这里建了一条很长的长廊，供游客们休息。

古城古街

回到古城区后，儿子把车停在东边的一个停车场上，我们进了一家饭店后因为没座，儿子便领着我们朝老城区走去，说是去吃“大槐树包子”。

来到青州古街的南街口，终于看到了这家名为“大槐树包子”的店铺，它在当地很有名气，专卖牛肉包子。中午，到这里买包子的游客络绎不绝。我们买了包子后，在该店的二楼上吃了中午饭，我感觉这个包子还不错。

午饭后，儿子问我青州过去有这个包子铺吗，我说：“1967年，我们住在这里时，还是计划经济，口粮按月供应。如果开饭店，要经过粮食局的批准才有粮食供应。那个时期，只有国营饭店，个人不能开饭店。”这就是历史。

吃完午饭往回走时，我们看到了“青州府贡院”的大门。青州府贡院这个地方，我小时候还真没注意过。从大门外往里看，可以看到基本上还保留着明清时期的样子，但在院子中间立的孔子像，应该是新安装的。

进了贡院的大门后，我环视了一下这个地方，约有七八间房屋，青砖汉瓦，老式门窗。在大门的两侧各有一个两层的小楼，都改成展览室了。在贡院院子内的一面墙上，有一个介绍“青州贡院”的大牌子，上面写道：“青州府贡院的前身为明代山东布政分司衙署。据记载，明初设山东布政司于青州，洪武九年（1376）迁历城，于青州设布政分司，后废。万历四年（1576），山东按察副使高第与青州知府王家宾共议，将此处改为书院，按察副使高第为之命名曰‘云门书院’。据记载，云门书院‘大门向南’，稍进，前为正堂，为‘梦愚堂’，后院为二，各五楹，门三楹（旧时房屋一间叫一楹）。后堂之旁有东西堂，前有东西厢，皆三楹。同时，作为学道考选士子之所。……清雍正四年（1726），清确立考选制度，即成为‘学使按临之所，以考院之名’，民间俗称其为‘考院’。直至清末（1905）废科举。”

院子西边的一间屋内，挂了两张科举统计图，分别说明明代和清代两个时期青州管辖的地域（科举范围）。

明代：寿光、昌乐、安丘、诸城、日照、安东卫、莒州、沂水、临朐、益都、乐安、博兴、高苑、蒙阴。

清代：寿光、昌乐、安丘、诸城、临朐、益都、乐安、临淄、博兴、高苑、博山。

从这两个地域名单来看，清朝时期青州府管辖的县，比明朝时期减少了 3 个。

在这里，我们还看到了明朝时期益都县的状元卷。这张状元卷的主人是赵秉忠，他的这张状元卷也是国内迄今为止发现的唯一一份明朝时期的状元卷，其原件存放在青州博物馆内，弥足珍贵。

我们原来有到青州博物馆参观的打算，但是没有预约上。

当天下午一点多钟，我们开车来到青州市海岱中路一家酒店住下。

下午我们又出了门，儿子开车在老城区内找了一个停车场把车停下后，我们步行朝古街方向走去。青州这个地方儿子来过，把车停在哪里方便他都清楚。儿子说："青州这里停车不收费， 是一个很好的便民政策，也没有人来乱查车。"

中午吃饭时，我跟儿子说要到青州城内的火巷街去看看。火巷街紧靠古街，在古街的东边，在原益都县二中的北面。在益都县的历史上，火巷街应该是有钱人建的街道，东西走向。1966 年夏，高炮 69 师奉命从益都县尧王山山下的军营里，往济南市西南面的长清县搬迁时，因长清县的军营没建设好，炮 637 团的家属们都搬到火巷街，住进益都二中北面这个大院中（二中的家属院）。我们家因为我母亲在县粮食局工作，一时搬不走，也搬到二中北面这个大院里。

二中北面这个家属院，应该是"文革"期间部队临时借用或是租来的，我在这里还见到高炮 67 师赵副师长的家属，我叫她白阿姨。白阿姨在二中当老师，她们家住在这个大院的最东边。

关于这个大院的情况，我在《在益都县生活的回忆》一文中写过，这里就不再写了。在这里，写写火巷街的情况。

从当年火巷街街道两侧的建筑来看，这里的房屋都是秦砖汉瓦。砖比现在用的要大许多，而瓦是那种汉朝时期的半月瓦。火巷街街道两侧的房屋都比较高大，围墙也都是用青砖建起来的。各个院落的大门，都是古代有钱人家才能建起的，有高大屋檐的大门。字典里解释"檐"字时这样讲："房顶向外伸出的边沿部分。”当年的火巷街，从东到西都是这种大门，只不过有大有小。这里讲小的大门，是只能人进人出的大门，而大的大门，则是可以进出大马车的大门。我们住的这个大院，在封建社会里绝对是一个大财主才能拥有的院子，否则不会有这样大的大院和大门。这次我到青州的一个目的，就是要看看这条街道、这个大院还在不在。

往火巷街里走时，我发现这条街道两旁明清时期的旧房子都拆没了。现在街道两旁的房屋，像是拆除老房子后，由个人出资建起来的，高低不齐，各式各样，有的屋顶还是用彩钢瓦做房顶。往东走了半条街之后，我看到路南有一栋楼上挂了一个标牌，上面写着“老二中南宿舍”几个大字，便确定这里就是原益都二中的宿舍大院。

现在，青州城内的变化很大，老建筑有保留的，有拆除的，还有新建的。我认为，古街古巷是一个城市的文脉，应该尽力保护。

离开火巷街前，儿子问我再到哪里去，我说：“到北大桥去看看。”结果，儿子在手机上没查到“北大桥”这个地名。我说：“也叫‘万年桥’。”儿子在手机上查到了万年桥。

我们随后沿着古街道朝青州城的北面走去。我虽然离开这里几十年了，但当年在益都县城里上学、生活留下的印象还是很深的。青州城不论怎么变，其主城区不会彻底改变，城南、城北的环境也不会大变。

青州万年桥

青州万年桥俗名北大桥，位于青州城北门之外，始建于宋仁宗明道年间，由梁柱式木桥改为结构独特的无柱单拱木桥，状如彩虹，故曰“虹桥”。明万历二十二年（1594），改建成石质联拱结构的七孔桥，直到现在。

也就是说，从明朝万历年，经过清朝到现在，这座桥的历史也有四百多年的时间了，是一座真正的古桥。我们来到桥上时，发现这座桥还是非常完好，在大桥上通行的不仅有行人，还有小轿车、电动自行车等在桥上行驶，一片繁忙。

来到桥北，沿着南阳河岸朝东走了一段路，我发现河边建了多座高大的建筑，岸边的绿化也不错，河道边长满了芦苇等水生植物。从河道内水的情况来看，比 20 世纪六七十年代河道里的水多了许多，河面的宽度有五六十米，水的深度估计能达到 3 米左右，比较深了。我曾经在这河道里游玩过，那时水很浅，河道内只有半米深的水，最深的地方也不超过 1.5 米。那时的水非常清澈，而这次来看到这河水有些浑，流动性较差。

离开南阳河后，我们沿着来时的路往回走。走到万年桥南岸后，我看到一个写着介绍北门大街历史（即古街的历史）的大牌子。大牌子上这样讲：“北门大街，古南阳城重要的南北纵向街道之一，全长500多米，南高北低，街面由五道条石铺就，已有1500年的历史。与原县前街相交形成十字路口，南接偶园。街两侧府第、衙署遗址众多，店铺云集。有清代左都御史房可壮家祠、明代谨身殿大学士刘珝昭贤祠等。现街内店铺主要经营古玩字画，青州传统民俗展演亦在此。”

我们沿着古街慢慢往南走，过十字路口后，大街的南北两头都用铁制的障碍物把古街道路阻断，行人与自行车可过，但汽车与三轮车不可过。

古街道路两旁的房屋建筑还保留着明朝时期古建筑的风貌，但屋内都进行了改造，像卖冷饮的店铺，室内都很现代化。从外面看，这里的房屋顶面和外墙都还完好。当然，不光是这条街，原东城门门里的回民街也都保持了原样，只不过没有北门大街热闹。

北门大街的石板路也都进行了改造，新铺的石板表面比较粗糙，走在上面有些磨脚。

第二天，我们准备去爬驼山。昨天我们爬云门山时，在半山腰三星殿的西边，就能看到驼山，意外的是还看见了龙兴寺。

龙兴寺太好确认了，红墙金瓦。没想到的是，它竟然紧靠着驼山，建在驼山东南面的山坳里，规模宏大。

龙兴寺

龙兴寺始建于北魏，曾用南阳寺、道藏寺作为寺名。在唐玄宗开元年间改名为龙兴寺，是唐宋王朝的甲等寺院。

1996 年，在益都师范学校的一次施工中，偶然发现了龙兴寺遗址下埋藏的佛像，出土了 600 多尊石佛造像。当年，还被评为“中国十大考古发现”之一，后又被评为 20 世纪百项考古重大发现之一。

青州龙兴寺遗址出土的石佛造像，以石佛、石菩萨、石力士居多，另外还有罗汉和飞天造像（这些出土的石佛像，现在都保存在青州博物馆内）。

出门后，儿子开车拉着我和王天天，经过青州市主城区南城墙外的公路往西行，很快便来到了驼山脚下。到了这里我们发现，停车场就建在龙兴寺的山门外。从寺外看，今天的游客不多，在寺外的空地上，有十几个小商贩在售卖各种山货。

我站在龙兴寺的山门外，抬头望去，“龙兴寺”三个大字牌匾，高挂在寺庙门的正上边。这个牌匾上的“龙兴”二字，用的是繁体字。

进了龙兴寺后是一个高大的影壁，转过影壁后是一个大水池，里面养了许多红色的鲤鱼。我那小孙子拿着进门前买的鱼食，一把一把撒到水池里去喂鱼。我偶然回头看了一眼身后的影壁，发现这个影壁上镶了九条大金龙，倒海翻江，气势非凡。

我们离开水池后朝寺庙里走去，前边不远处是龙兴寺内最重要的场所——大雄宝殿。这个宝殿也是龙兴寺内最大的一个建筑物，其门外立着一排高大的龙柱，让人感到龙要飞天。龙兴寺里建筑物的房顶，都是按照古代大殿的样式修建的，飞檐翘角，雕梁画栋，雄伟壮观。

我不信神也不信佛，是无神论者。今天来到龙兴寺里，只是走马观花参观一下。龙兴寺的建筑规模，龙兴寺的金碧辉煌，都让我感到十分的震撼。

离开龙兴寺后，我们来到了驼山的山门外。20 世纪六七十年代，山上没有这样的大门，现在改成景区后，重新进行了设计改造，进景区是要买票的。

不过，像我这样的退休人员，只要有证就不需要买票，这是国家给的福利待遇。

驼山

驼山主峰海拔 408 米，主要有昊天宫、七宝阁、玉皇殿、天河、天桥、五龙池、观佛台、驼山石窟造像群等景观。其中，驼山石窟造像群为我国东部之最，有石窟造像 638 尊，大者高达 7 米，小者不过寸方，始凿于北齐，终于盛唐，造型精美奇特，是研究我国石雕刻绘艺术和佛教发展史的珍贵实物资料。

10 点左右，我们一行三人开始爬驼山。驼山比云门山要低一点，上山的路也比云门山的路好走一些。现在的驼山，也和云门山一样，在山上栽满了柏树。不过，驼山上的石头要比云门山多，属于那种石多土少的山峰。从我们上山的路看，青州人民在驼山上种柏树时，是先用石头垒起挡土墙，填上土之后才种下柏树的，而在云门山上就没有看到这样的植树方式。

上山的路上，我偶然在路边一棵高大的柏树下，发现长了一棵小桃树。这棵小桃树的生命力还真强，在天干地旱的情况下，它的枝条上还结了十几个小桃子，真不容易。我那小孙子对山上生长的酸枣树有一点好奇，他摘下一颗小酸枣尝了尝，说："没味，不酸。"小孩的好奇心比大人强，亲口尝一尝没长成的小酸枣也是一种体验，实践出真知。

当我们爬到驼山的半山腰时，发现了一个观景台。站在观景台上向下望，可以清楚地看到驼山下的龙兴寺。龙兴寺还在建设新的建筑物，未完工。

离开观景台后，我们继续往山上爬。走了没多远，儿子一不小心崴了脚，我看着儿子痛苦的表情马上说：“在山下车上，我的包里有膏药，还有活血化瘀的喷剂，下山后可以喷一喷，然后贴上膏药。”

儿子上山是不可能了，他让我带着王天天继续爬山，自己则休息一下就下山，我只好带着孙子继续往山上走。走了不太远，我看到一块大牌子，上面讲往左转走一条小路即可到达驼山石窟。我带着孙子立即朝左侧的一条小路走去。我小时候爬过驼山，虽然过去几十年，但还是有点印象。

我们沿着这条小路走了不远，就看到道路上方有两个较大的石窟，我和孙子爬上去后，只见这两个石窟都用铁笼子把洞口罩了起来，游人只能通过铁笼子的间隙看到里面的石佛。这是当地政府保护石窟的一种不得已的办法。

在看了这两个石窟后我决定下山，不再往上爬，赶回去看看儿子的情况。下山比上山快。还没走到山下出口处，我就看到了儿子，只见他正一步一步朝山下走去，这让我松了一口气。

下山后儿子去开车，我带着王天天又来到龙兴寺前，在这里买了两个银瓜。青州的银瓜在潍坊这一带还是很有名的，外观银白色，吃起来清脆、甜，还带有一点香味。

这次到青州转了一大圈，看了许多想看的地方，对青州城的情况有了一个大概的了解，以后有机会再来。旧地重游，有收获也有遗憾。收获是，看到青州古城现在的情况，并照了许多相。遗憾是，青州的景点没看完，也就看了一半。

故乡行纪事

（一）

2016 年 9 月 17 日，我应老同学刘基地的邀请回到济南市长清区。

回忆往事，我们这些当年上山下乡的原高炮 69 师的干部子女们，已有四十余年没见面了。因而，在今年 6 月份我接到刘基地的电话邀请后，就决定去一趟。长清这个地方，可以算是我的第二故乡了。我们这个家，是在 1967 年夏初搬到长清县来的。那时部队的营房还没建好，高炮 69 师的师部临时驻长清县县城外一个学校的大院中。这个大院的房屋都是砖瓦房，还建有水塔，师部在这里刚好能住下。到了 1968 年的春天，师部营房建好了，我们终于搬进了新建成的营房里。

师部的营房建在长清南边一座东西走向的山下边，在山的南边。在部队营房的东边，是济南至泰安的公路，在营房的南边，有一个村庄距部队大院很近，那里还有我上小学时的同学。可以这样说，从我小学六年级起，到高中毕业后上山下乡前后，我们家都是在这座营房中度过的。

这个地方，给我留下了一生中深刻的印象和影响。离开长清县参加铁路工作后，我除了 1977 年、1978 年在济南铁路机械学校上学时回来较多，此后很少再回来。再后来我父亲调走后，我就不再到长清来了。

刘基地比我小一岁，跟我的大妹妹是同学。刘基地的父亲跟我父亲的渊源也是很深的，他们都是从沈阳高射炮兵干部训练基地调到山东来的。那天我到长清时已经是下午一点钟了，刘基地开车到长清中医药大学的公交站来接我。之后我们驱车来到了园博园大酒店，在这里我见到了张京平、张海萍兄妹两人，见到了刘春阳、秦连军、王汉江、王念鲁、刘娟等人。想当年众人离开长清时风华正茂，有才气也有志气。一别 40 年后再相见，乡音未改鬓角已斑白。

下午两点多钟，园博园大酒店里来的人更多了，分散在四面八方的原高炮 69 师的干部子女们，纷纷从长清、济南市内、外地赶到这里。我在酒店的大堂，意外见到了李成钢。下乡时我们是一个知青小组的，后来他参军入伍便失去了联系，没想到这次聚会又见到了他。

无论如何，2016 年 9 月中旬到长清县走这一趟还是很有意义的，见了许多几十年未见的老同学、老朋友，实现了我想与各位同学再见一面的心愿。

（二）

人的故乡有多个，凡是我们长住过的地方都应算是我们的故乡。大刘村，就是我的一个故乡。

2018 年 5 月，我们这些原大刘大队知青组的同学，在长清相聚。一晃四十多年过去，除少数几个同学没有到，绝大多数同学都回到了这个我们曾经下乡的地方。当年，我们这些风华正茂的知识青年，按照党中央的号召上山下乡，先后来到许寺公社大刘大队插队落户，向农民学习。

同学们聚在一起，万分高兴，互相问候，场面非常热闹。几十年一聚，很不容易。下午我们来到大刘村，参观当年住过的老房子，见到了当年一起劳动的村民。大刘村的村民，对我们这些当年在此插队落户的老知青回来看看，表示热烈的欢迎。当年的村团支部书记赵德法同志，全程参加了我们的这次活动，并给予了大力的支持和赞扬。

此次到长清大刘村一游，圆了我们这些当年的知青们多年来的梦想和愿望，我们也祝大刘村的村民们越过越好。期待再聚！

我爱你们，朋友们

2016年9月17日，在参加完高炮69师干部子女的聚会后，我加入了李成钢成立的同学群，我是这个群里的第七个人。一天，群友黄艳丽制作了一个相册，把群里朋友们的多张历史照片放在里面，还配上了音乐，看后让人耳目一新。自己的老照片，已有多年不看了。我总认为自己还年轻。然而，在看到老照片和聚会时的照片后，才发现自己老了，老得都认不出原来那个自己了。

光阴似箭，一晃几十年过去，真的不再是原来那个自己了。我去年到长清聚会时，见到曾经是一个知青小组的李成钢后，我问他："还认识我吗？""你是谁？不认识。"李成钢的这句话着实让我大吃一惊。虽然下乡的时间短，但那也有一年的时间。看来我这些年受伤病的困扰，加上岁月的磨耗，已经变得让同学都认不出来了。老了，时间加伤病，耗尽了青春年华，青春不再来。

说实话，我们那些人在经历了上山下乡那个特殊的年代后，情义还是深厚的。工作后，每个人都面对着这样那样的问题，每个人都面对着工作和生活的压力。几十年过去，大家都好就很好。

曾经的同学，曾经的知心朋友，几十年后在济南再见，泪流满面，青春不再。

我爱你，青春；我爱你，流逝的年华。有人说爱得深的人，恨也深。然而，我们那一代的朋友们，多年再见后依然相爱。这个爱，跨越了时空，变成了一种相识、相知、彼此认同的爱。

我爱你，青春。我爱你们，知青时期的朋友们。

附：

诗一首

相见时难别亦难，春风吹来百花艳。
大明湖畔波荡漾，绿水青山情还在。

第二章

退休生活

TUIXIU SHENGHUO

退休了

退休了，心情好。笑一笑，十年少。
无上级，无下级，无工作，无压力。
早休息，早起床。早饭后，散散步。
饭后走，一百步，要活到，九十九。
六十载，退休了，笑一笑，心情好。
有病了，治治病，无病也要多调理。
多读书，多看报。多动脑，多思考。
公园里，散散步。花儿多，空气好。
身体好，心态好。人年轻，多逍遥。
人退了，多交友。老朋友，新朋友。
老同学，老同事。见了面，问问好。
你好我好，大家好。

漫步小树林

自从退休后，我时常到小区外面的小树林里走动。这片小树林，入春后大小树木竞相发芽、开花，4 月初樱花开过后，到了 5 月中旬，女贞树便开始大面积开花。小树林里有十余棵高大的女贞树，这些女贞树枝条高，树冠大。女贞树开白色的小花，一串串，花期长，花儿香，沁人心脾。听说，女贞树原来生长在南方，近十年才引入北方种植。女贞树现在已经能够适应北方冬季寒冷的气候。

2015 年我在小树林里漫步时，还特意去看了看柿子树。柿子树过去是一种生长在田野里或低矮的小土山上的一种树。现在园林局把这种树引入城市种植，为现代化的城市增添了一种观赏树。柿子树在春天发芽后，叶片便迅速地长大，大约在 4 月中旬时开始开花。柿子树开的花不大，黄白色，无任何气味，平淡无奇。如此看来，柿子树可能并不依靠飞虫传授花粉便能结果。到 6 月中旬，小柿子便能长到鸽子蛋大小了，看上去很是喜人。

从 2016 年 4 月中旬到 6 月中旬，潍坊市区已经有两个月没有下雨了，干旱给树林中一些低矮的小树造成了一些损害，缺水使这些小树叶片发黄、下垂。6月14日晚上，忽然下起了雷阵雨，真是一场及时雨。雨后的清晨我又来到小树林中，发现那片将要干枯的小树，雨后重新焕发了生机，叶片由黄转绿。地上一些已经发黄的小草，在这场雷雨之后，也马上返青。真是一场好雨，好雨！

我时常漫步在小树林里，享受着小树林为城市居民带来的益处。在小树林里漫步时，树林中散发出的富氧离子，新鲜的空气，令我身心愉悦。由于小树林里绿树成荫，许多鸟儿在树林中自由地飞来飞去，鸟语花香。

我漫步在这片树林中，细心地体会这片小树林给居民、给游人带来的益处。保护小树林，人人都有责。

抓贼记

2018 年 12 月 12 日上午，我在家看了一会儿电视后，准备出门到小区外的小树林散步。出门前我看了一眼挂在墙上的表，时间是 10 点 45 分。

我住在 4 楼，当我下到 3 楼时，发现 302 户的门开了一道缝，同时我还注意到 302 户的门锁上插了一个塑料片。当我从 302 户门前经过时，朝门里看了一眼，发现门内站着一个年轻人在朝门外看。这个年轻人戴了一副眼镜，年龄 20 岁左右，并不是这家的男主人。

我一边下楼一边觉得此事有点奇怪。这些年我从报纸上偶尔看到有盗贼入户行窃的消息，我还在晚报上看到一篇关于门锁的报道，门锁分为 A 级、B 级和 C 级三种。A 级与 B 级都不保险，容易被盗贼用塑料片打开，只有 C 级里的超级 C 型门锁才比较保险，不易被盗贼打开。想到这里，我又联想到 302 户家的门锁上插了一个塑料片，以及门里站着的那个陌生男人，我立即转身朝楼上走去。当我走到 2 楼与 3 楼之间的平台时，302 户门里那个戴眼镜的男人也看到我又上了楼，他马上从门里走了出来，朝楼下走去。我问道："你是哪家的？"他说："我是这家的。”我说：“我怎么没见过你？”他说：“我就是这家的。”这个青年男子边说边急急忙忙地下楼。此时，我判断这个人一定有问题，也跟着下了楼。

这个青年男子下楼时与我打了一个照面，我发现他长得白白净净的，身高约1.70米。这样一个年轻人，如果是在街上遇到，不会想到他是一个盗窃犯。

当这个青年男子下楼出了单元铁门后，他立即朝东边跑去。我跟在后边，断定他一定是在302户室内进行盗窃，否则不会跑。我出了铁门后连声喊道：“站住！站住！”那个青年男子听到喊声后反而跑得更快了。他跑到东边丁字路口后，转身朝北边1号楼以北的方向跑去。我在喊了两声后，也加快脚步朝那个方向追去。当我追到1号楼北面时，那个人已经跑远了。我转身朝南走去，同时拿出手机来拨打110报警。这个时间，在中午11点左右。

当时，我看到这个窃贼经道路朝1号楼北面跑去时，就心想：在这个路口转弯的上方，有一个监控，这个窃贼的情况会被监控器记录下来。

报警后时间不长，我就接到西关派出所打来的电话，说他们很快就到。此时，我已经来到小区的大门口，告诉保安A号楼2单元一住户家里进了贼。巧的是，302户女主人开车回来了。我告诉她：“你们家里进了贼，我已经报了警。”302户女主人在小区内放好汽车，急忙找我问具体情况，我把事情讲了一下，并告诉她先不要进家门，等警察来了后再进门看一看。302户女主人在小区保安的陪同下离去，我则在小区的大门口等警察。

警察来了后，302户女主人向警察报告了家中被盗的情况：被偷的主要是金首饰，价值大约是9000元。做笔录时，警察对我说："这事是让你给冲了。"他的意思是，我惊动了盗贼，否则损失会更大。

在这之后，我回家做饭时在想：这个盗窃案件不会是一个人，应该有两个人才对。很快，市刑警队也派人来了，对这个案件进行调查，我把我的想法告诉了他们。

当天下午四点多时，我接到302户女主人的电话，她说："派出所又来了人，在保安那里看监控。"电话中她请我也去看看，指认一下派出所确定的那个嫌疑人，是不是我看到的那个人。

挂了电话后我马上下楼，朝小区监控室走去。进了监控室，看到了西关派出所的民警，我说："我是报警人，来看一下电脑中记录的情况。"我搬来一把椅子坐在了电脑前。回放监控过程中，保安队长指着电脑画面说："是这个人吗？"我认真看了一下，这个人没见过，而且他在出了二单元的门之后，像是在朝西走。我站起身来走到屋门口打开门后说："那个贼是从A号楼朝东跑，之后又朝北边跑去。"保安队长看了后说："我知道了。"他重新调整电脑画面，把A号楼与1号楼间的监控画面调了出来，又把时间调到上午10点45分。很快，从电脑上看见一个青年男子正朝1号楼北边跑去。那人的后面，可以看到我在追赶。我说："就是他，后边这是我在撵（方言：追赶）。"

在民警用U盘和手机保存了嫌疑人的画面后，我就离开了。

2019年1月11日，刑警队王警官打电话把我约到潍城区刑警队内，进行笔录问讯，为日后的起诉材料写证明。15日前后，潍坊市潍城区刑警队到外省抓回了参与盗窃的两名青年男子。1 月 19 日，刑警队王警官等刑警将两个盗窃犯押到 302 户指认现场、拍照留证，作为日后起诉的证据。

在得知盗贼被抓到后，我写了一首诗放到文章里。

抓贼记

五零后火眼金睛，抓盗贼快步飞奔。
一一零报警电话，刑警队电闪雷鸣。
细辨别蛛丝马迹，下力气大海捞针。
春节前千里追踪，奏凯歌再立新功。

2021 年，难忘的牛年

2021 年是牛年。在这一年里，我先后写了多篇文章，同时也把我父亲离职休养后写的回忆录，整理后放到了网上，也算是完成了我多年的一个心愿。

先讲一下我父亲写的这部回忆录的情况。这部回忆录是父亲离职休养后，花了几年的时间写出来的。那时我还在上班，同时还在写小说，没有时间看，便由我弟弟帮父亲打印出来。父亲去世多年后，我写小说的事告一段落，便把打印出来的回忆录看了一下。看完之后，对我父亲一生的经历有了一个了解，但从文字细节看，有一些词用得不恰当、不准确，需要调整，文章中还有一些情况没有写清楚。比如说，“平津战役”时的大环境，以及抗美援朝时期，炮 46 团在战场上的作战情况。毕竟我父亲在写回忆录时缺少资料，仅靠回忆有些事情讲不清楚。而我在这几十年中，为了写军事题材的小说，买来许多与军队有关的书籍，还订购了许多军事杂志，积累了大量的资料（包括炮 8 师战史），总体上对军史党史比较了解，因而为整理我父亲写的回忆录打下了基础。即使是这样，我还是用了三个多月的时间，才把这件事做好。

在把我父亲写的回忆录放到网上之前，我又考虑如何往网上放。如果直接用父亲的名字，不了解情况的人不知道写回忆录的是什么人。为此，我为我父亲的回忆录加了一个标题——《父亲的路》。同时，在每一个重要的章节前，都写了一段文字。

2021年6月份，《父亲的路》在银河悦读中文网上正式发表。

2021年7月，我看到银河悦读中文网要组织网友到山东荣成市去旅游的通知，为此我还专门给刘基地打了一个电话。但不巧的是，7月20日我突然感到头晕而住了院，到7月26日下午才出院，错过了这次去荣成的机会，十分遗憾。

我的一生，上山下乡前的情况，都写在《在部队大院生活的回忆》一文中，同时还写了一些在我父亲的回忆录中没有写的事情，这也是一段历史。

2021年，对我来说确实有许多难忘的事情。前边写了我在7月20日住院的事情。根据病情，医生要求我住院的时间在10天左右，但我在住院前，曾接到济南出版社韩编辑打来的电话，她告诉我小说《热血与忠诚》一书，将在7月底或8月初运到潍坊。我在医院里住院时，就一直在想这件事，最终决定打7天吊瓶就出院。

《热血与忠诚》，是我写的第三部长篇小说。这部小说，从2020年9月送书稿到济南出版社，到2021年4月我到出版社去签合同，再到8月初正式出版，前后接近一年的时间。

第三部小说正式出版，对我来说是一件值得庆祝的事情。几天后，又传来一个好消息，济南铁路局文联通知我，说我加入山东省作家协会的事情批下来了，从2021年8月份起，我正式成为山东省作家协会的会员。这也是2021年里一件值得庆祝的事，不容易。

从年轻时参加铁路工作，到被单位保送到济南铁路机械学校去学习这段经历，对我 30 岁后自学起到一个很重要的作用。没有在机械学校里学习的经历，就没有我许多年后参加“社会学函授大学”学习的成果。

我在 20 世纪 80 年代参加“社会学函授大学”学习的课本，至今大部分还保留着。这次学习，对我后来进行文学创作产生了很大的影响，打下了一个很好的基础。

2021 年，除了我前边写的这几件重要的事情外，我们家还有一件重要的事情。这一年的阴历十月份，我母亲过九十大寿。为此，我的二舅、三舅、小舅、小舅妈和我二舅的闺女刘瑶妹，特地在 9 月初从湖南省长沙市坐飞机，飞行两千多里地来到山东省潍坊市，来为我母亲祝寿。我姐姐也专门从济南坐高铁回到了潍坊。

我母亲是 1949 年 9 月，在湖南长沙参军的。在我父亲写的回忆录中，曾专门讲到解放战争时，第四野战军第十三兵团炮兵团进驻长沙市后，在当地招收了一批青年学生，在这批学生中就有我母亲。当年长沙解放时，我母亲已经从中等专科学校里毕业，在炮兵团招兵时参了军，成为中国人民解放军中的一员。

母亲参军后，先在团宣传队里当宣传队员，后当班长，最后在炮兵团后勤处当会计。

这次我的几个舅舅来了之后，还专门问我母亲当年她参军的事，是不是偷着参军的。我母亲说：“我是经过父亲的同意，才报名参军的。”

这次给我母亲祝寿，舅舅们与我们家几代人欢聚一堂。

在 2019 年庆祝中华人民共和国成立 70 周年前，党和国家为新中国成立前参加革命的那一代老干部们，每个人都颁发了一枚“庆祝中华人民共和国成立 70 周年”的勋章，我母亲也领到一枚。

这枚勋章，是党和国家奖励为创建新中国立下不朽功勋的老干部们专门制作的，有着特别的纪念意义。

新中国成立前参加革命的军人，为新中国抛头颅洒热血，艰苦奋斗，为国家为人民立下了丰功伟绩。我们作为晚辈，作为后来者，要牢记他们的光辉历史，牢记党的光辉历史，牢记人民军队的光辉历史，珍惜现在的幸福生活。

第三章

阅读写作

YUEDU XIEZUO

写书人杂谈

近几年，我先后出版了几部军事题材长篇小说，经常有读者和身边朋友问起我写作和出版的情况。这篇文章，就先来谈一谈我写作这几部小说时的情况，以及遇到的难点。

首先，写小说与写散文不同。写散文，在较短的时间内即可以写完、写好，如果打算写中长篇小说，就要有一个长期的打算和准备，也许三五年，也许十年，总之，要耐得住寂寞。

我看过朱自清先生出版的一部散文集《背影》，他在“自序”中这样讲写小说的事：“小说的描写、结构，戏剧的剪裁与对话，都有种种规律（广义的，不限于古典派的），必须精心结撰，方能有成。散文就不同了，选材与表现，比较可随便些；所谓‘闲话’，在一种意义里，便是它的很好的诠释。”“我觉得小说非常地难写；不用说长篇，就是短篇，那种经济的，严密的结构，我一辈子也学不来！我不知道怎样处置我的材料，使它们各得其所。”

从朱自清先生的上述两段话就可以得知，小说确实难写，要花费大量的时间和精力为你所要写的题材准备材料，还要对各种材料烂熟于心。我在 10 年时间里先后出版了三部军事题材小说，看似容易，其实是有基础的。首先我通读了“星火燎原”从书，后又读过许多高级将领的传记，看过许多国内外军事题材的小说。之后又看了大量的军事文学杂志，包括《世界军事》《军事史林》《兵器》《坦克装甲车辆》《航空知识》等。这为我创作军事题材小说打下了坚实的基础。

写军事题材的小说，还要注意史实的问题。这几部小说，是以真实历史为背景进行的文学创作，不能随便写。从内容上讲，我在写《沂蒙儿女》一书时，是按照八路军山东纵队发展史去创作的，是从游击队到游击大队，从独立营到独立团，一步步提高部队级别和规模的，这符合八路军山东纵队的成长和发展经历，也符合历史的进程。

此外，我在写这几部小说时，力求写出自己的特色，尽量避免重复写别人写过的内容。在《沂蒙儿女》和《热血与忠诚》这两部小说中，我把人民军队的政治教育、军事训练、对内对外宣传、对敌作战及作战时的战术战法都写了进去，这些内容是以往国内军事题材小说中比较少见的。其中，战术战法是最难写的。

军队作战不是像马蜂一样一窝蜂往上冲。军队打仗，除了兵力和武器装备，最主要的就是战术了。不讲战术、战法，在战场上乱打一气的军队是要打败仗的。所以说，战术、战法从古到今对任何一支军队来讲都是非常重要的。古代著名的战法有：“围魏救赵”“半渡而击”“假道伐虢”“暗渡陈仓”，近现代的著名战法有：“游击战”“运动战”“围点打援”“围三阙一”“诱敌深入”等。我在写小说时，对涉及的战术战法都讲得比较详细，这里就不多说了。

写小说还要考虑如何设计结构，塑造多样人物，以及如何设主线控制内容的问题，这些都需要作者投入大量的时间和精力来研究和思考。此外，写现代军事题材小说还要注意正义战争与非正义战争的问题，这些事情都要在小说中讲清楚。

以上内容是我近些年写军事题材小说的一点体会。另外，我再谈谈小说出版的事情。2012 年起，我先后联系了几家出版社，最终决定在济南出版社出版《少年红军》《沂蒙儿女》《热血与忠诚》。出版的时间从几个月到一年半不等，这其中涉及很多的因素，对军事题材小说来说，影响最大的莫过于对相关史料和内容的核实。好在责任编辑对书稿进行了严格审核，最终书稿质量合格。在此，一并向这几本书的责任编辑韩老师表示感谢，并且对她们不断学习、精益求精的精神表示钦佩。

以上内容是我近些年写军事题材小说时的一点体会，今天在这里以文会友，抛砖引玉。

写小说杂谈

（一）

前些日子我写了一篇文章，名为《写书人杂谈》。今天再写一篇《写小说杂谈》，把我这些年写小说、搞文学创作的一些心得体会写出来，与文友交流。

写小说，首先要确定自己的“一亩三分地”，也就是说，要确定自己的写作领域。你熟悉哪个领域，熟悉哪些事情，了解哪些题材，你就写什么内容，这些要心中有数。此外，要尽量选择别人很少写的主题、内容、领域，这样更容易写出新意；要有创造性思维，要有想象力；要站在读者的角度思考。

第二，要多积累，如果你想在文学创作上有所建树，就应先打好文化基础，这与盖房子、建大厦是一个道理。没有足够的知识积累做基础，想要写出小说来可谓难上加难。这个基础是什么？我认为要积累各个领域的知识。就我个人而言，学习以下课程令我受益匪浅：大学语文、社会调查研究方法、统计学、逻辑学、语法修辞、心理学、社会心理学，此外，学一学辩证唯物主义和历史唯物主义原理的相关内容也大有裨益。学得多，知识面广，写起小说来才能得心应手。

另外，凡是想写小说的人，还应多读小说。通过多读小说，我们可以潜移默化地学到小说的创作方法，以及用词用语的方法。有一点要讲清，写小说与写论文、写散文大不一样。同时，作为一个作者，还要多走出去，既要“读万卷书”，也要“行万里路”。

第三，写小说要做好收集资料的工作。农谚中有这样一句话：“庄稼一枝花，全靠肥当家。”那么，这个“肥”从哪里来？20 世纪五六十年代之前很少有化肥之类的肥料，农民要想种好庄稼，为丰收打下基础，就需要捡拾牛粪、马粪之类的东西，堆积发酵后当肥料。作家写小说与此情况相似，都需要勤劳，需要为自己写的书搜集、准备大量的资料，要博览群书了解历史，要深入洞察了解社会，要留心观察熟悉的生活，这些材料经过岁月的“发酵”，最终为我所用。只有这样，才能为文学创作打下坚实的基础。

资料搜集来，哪些能用到小说写作中，如何运用，这又涉及运用资料的能力问题。作者对自己所掌握的各类资料，一定要心中有数，要认真考虑手中的资料哪些可以用，哪些不能用，还要考虑为可以用的资料在小说中安排一个合适的位置，发挥其应有的作用，让其起到画龙点睛、事半功倍的作用。对我来说，“社会调查研究方法”这门课程教会我如何收集资料，如何使用资料，这对一个有志于从事文学创作的人来说非常的重要，大有好处。

最后，写小说还要会设计。我们写小说前应该先设计一下小说里的内容和情节，弄清哪些可以写哪些不可以写，哪些可以写得具体一些哪些要简略地写，以及哪些内容可以作为伏笔，为后边的内容打基础（有因才有果），等等。此外，作者还需要设计小说中的人物。在长篇小说中，可以创作出许多的人物来。我认为写长篇小说，更容易把书中的人物立起来，展现出书中人物的个性。作者要想办法用各种方式让书中的人物都“活”起来，让书中的人物有血有肉、有特点。只有这样，读者才会感觉有趣，才会愿意读你写的小说。但有一点，在近现代军事题材的小说里，其中的人物不可能像四大名著里的人物那样，在书中展现出十八般武艺。但是，我们可以根据近现代战争的特点，来展示小说中主要人物的军事谋略和军事技能，毕竟历史在前进，武器装备、战略战术也在发展，这样才能写出军事题材小说人物的特点来。

（二）

接下来，我再以自身经历讲一讲对小说中涉及历史事件的看法。如果在小说中写入重要的历史事件，一定要按照真实历史的时间、地点写，切不可乱改。

首先，我们需要明确什么是历史。从广义上讲，历史就是一部人类社会的发展史。古代农民战争史，是中国古代农民起义和农民战争贯穿中国漫长封建社会的历史，从陈胜吴广到赤眉军、黄巾军，再到太平天国，农民的起义和农民的战争推动了封建王朝的改朝换代，推动了中国社会的变迁和发展。近现代历史，也是人民军队发展壮大的历史，是在中国共产党领导下打败国内外一切反动势力的武装斗争历史。

没有经历过真实战争的人，要想写出中国革命历史题材小说，很难！首先，需要深入、细致地了解那段历史。历史上的红军打过许多大仗，取得了光辉的战绩，但要把这些光辉历史、光辉战史写成小说，就要全面、深入地去了解历史上红军在战场上的战术、战法，了解土地革命时期红军如何去打仗，以及红军的作战原则是什么，了解红军在打仗之外还在干什么。同样，写抗战题材小说，也有相同的情况，需要作者对当时的历史有一个全面、深入的了解和研究。

写军事题材的小说，不能只写军事，还要把当时的历史情况、党的政策、部队编制、军队的作战方式、敌我双方的武器装备、军民关系、根据地的经济情况、宣传学习等各种各样的情况写清楚，这样才能从总体上展现当时的情况。

总之，写小说，不是一件容易的事情。要有决心、有梦想、有目标、向远方。学无止境，勤学苦练，百炼成钢。

清朝时的“扬州八怪”之一郑板桥曾写过一首名为《竹石》的诗，很好地诠释了写小说需要的品格，我转抄下来送给大家：“咬定青山不放松，立根原在破岩中。千磨万击还坚劲，任尔东西南北风。”

我读《中国微生物酵素》这本书

近日，我的一位邻居送来一本书，书名为《中国微生物酵素》，全书有 45 万字。作者是高亮、孙继发、梁其安。这部书是由中国农业出版社于 2022 年 8 月出版的一部与农业生产有关的书。

高亮先生，是高级农艺师，中国腐殖酸工业协会理事、腐殖酸肥料标准化委员会委员，从事酵素菌技术研究近 30 年，并在国内首次提出“酵素农业”这一概念，建立了理论和实践体系，被誉为“中国酵素达人”。其余两人，也都是从事农业生产的专家。

读了这本书后，我了解到了很多关于酵素方面的知识，也知道了中国古人在食品方面的发明和创造，在此分享给大家。

酵素是什么?

大家都知道酵母，比如我们在发面时要用到酵母，而用酵母发好的面做成的食品，即是发酵食品。而酵素菌是由细菌、酵母菌和丝状真菌组成的好氧性有益微生物菌群。

书中说，“酵素”一词源于日本，是生物体内产生的具有催化作用的蛋白质，是一种生物催化剂。“酵素是以动物、植物（果蔬、谷物、豆类等）、食药用菌、中药材等为原料经微生物发酵制得的具有特定活性成分的制品。这些活性成分包括各种酶、小分子有机酸、多肽、氨基酸、寡糖、维生素、黄酮、多酚类化合物、天然维生素、荷尔蒙、矿物质等。”

书中还介绍了一个庞大的产品体系——微生物酵素，包括农用酵素、环保酵素、食用酵素等。

农用酵素的代表是酵素菌肥。而酵素菌肥可以应用到蔬菜上（包括黄瓜、番茄、生姜、洋葱、大蒜、芸豆），可以应用到果树上（包括苹果、葡萄），可以应用到粮食上（包括小麦、玉米、水稻）。同时，还可以应用到其他经济作物和花卉上。

酵素菌肥在农业上的应用，主要用来改善土壤环境，减少土壤中的病害，使各类植物生长健壮，增加产量，减少植物的发病率。

酒的制作及其历史

据书中介绍，早在 4000 多年前中国人就知道利用酒曲使淀粉发酵来酿酒了。关于我国古代酿酒的起源，自古就有许多传说，其中广泛流传的是杜康造酒的故事。书中讲：“据说杜康曾将未吃完的剩饭，放置在桑园的树洞里，剩饭在洞中发酵后，有芳香的气味传出，这是酒的由来。民间还流传着尧帝造酒、黄帝造酒等说法。……而从考古和历史文献记载来看，夏代洛阳已经出现酒器，商代朝歌中就有‘酒池肉林’的传说……”

书中还讲道：“西晋江统《酒诰》记有，煮熟的谷物，没有吃尽，丢弃在野外，自然而然就会发霉发酵成酒。这种说法确切地描述了以曲酿酒的源起。此后，逐步又发展到把制曲和以曲为引子酿酒分步来进行。”

在《中国微生物酵素》制酒的篇章里，详细记述了古代造酒的制作方法，并列举了广东、广西的“草曲”，以及《齐民要术》中12种制作酒曲的方法等。自明代后，“用浓酒和糟入甑，蒸令气上，用器承取滴露”，以获得味极浓烈的烧酒。

这本书中还讲到清酒的制作方法。过去我们从报纸及电视中看到清酒时，多是讲清酒是日本制造的，还以为这个“清酒”是日本发明的，在看了这本书之后，才知道清酒在3000多年前就见于中国古代文献中。《周礼・天官・酒正》有：“辨三酒之物，一曰事酒，二曰昔酒，三曰清酒。”清酒的记载也见于《诗经》中。在公元400年前后，清酒酿造技术才传入日本，成为日本的国酒。

在现代家庭中，也常有用酒曲制酒的事情。

泡菜（酸菜）的制作及其历史

泡菜（或叫酸菜）在中国自古就有。制作泡菜（酸菜），除了能改善蔬菜的风味外，也是一种储存蔬菜的好方法。酸菜，古称菹，古代人制作酸菜的初衷是延长蔬菜的保存期限。“菹，阻也，生酿之，遂使阻于寒温之闲，不得烂也。”《齐民要术》中详细介绍了古人用白菜等为原料腌渍酸菜的方法。此外，黄瓜、萝卜、辣椒等都可以制作酸菜。

中国是泡菜的故乡，泡菜在三国时期传入高丽。目前，泡菜已经成为韩国百姓家庭必备的菜肴。

醋的制作及其历史

醋起源于中国，最可靠的推测是在周朝。在中国最早称“醋”为“醯”，而后又作“酢”。“醯”与“酢”，在字典里都能代表“醋”字。在西周时出现了公室醋作坊，有了“醯人”，专管王室中醋的供应。到春秋战国时期，山西酿醋已遍布城乡。到秦朝时有了辛、咸、苦、酸、甘“五味”之说，其中的酸指的就是醋的味道。

醋是发酵食品，主要用粮食发酵制作而成。制醋也用曲，有大曲、小曲和红曲等曲种。《本草纲目》中记载有米醋、糯米醋、小麦醋、大麦醋等品种。在我们今天的日常生活中，主要有山西陈醋、江苏省的镇江香醋等，这两种食用醋都是用粮食制作而成，口味上有一些差别。

酱和酱油的制作及其历史

书中记载，酱和酱油制品是中国创造的发酵食品。历史上，夏朝时期出现的“醢”字，代表的是肉酱。之后，酱的一个重要的发展时期是在东汉，东汉的“罢盐铁之禁”对酱的生产起到巨大的促进作用。酱的第二个生产高潮是在南北朝。南北朝时期的农业、手工业及餐饮业的进步，以及北魏盐业资源的丰富，对酱的生产发展都是有利的因素。《齐民要术》中也记载了众多酱的生产技术。同时，首次讲述了豆酱和豆豉两类酱制品及酱清和豉汁产生的原因和发展途径。到隋唐时期，出现的一步制曲法对酱的生产起到促进作用。宋代由于城市餐饮业的兴旺，酱和酱油得到了普及；元朝初期因物质缺乏，酱和酱油客观上成了城市餐饮的重要调味品；明朝时期首次出现专门的酱油生产方法。公元 755 年，酱油生产技术首先传到日本，后又传到朝鲜、越南、泰国等国家。

从我个人的经历来讲，我见过部队生产豆酱。那时军费少，部队里的许多农副产品都是自己生产的。白菜、萝卜就不用讲了，部队里吃肉也是自己养猪，在部队农场里种小麦、种玉米、种花生都是很正常的事情。我小时候还曾自己做过面酱，这都不是什么难事。

不论是生产豆酱还是生产面酱，首先都得发酵，之后是加水后在太阳下晒，这两道程序缺了哪一道都不行。

中国古代用肥的历史溯源

不论是古代，还是现代，农业的生产都离不开肥料。书中讲“地靠粪养，苗靠粪长”。其实在农谚中还有“人误地一时，地误人一年”“庄稼一枝花，全靠肥当家”……“人误地一时”，指的就是肥料没跟上。农田里没有肥料，庄稼很难长好，因而中国古代的农业生产中很重视施肥。《吕氏春秋 · 土容论》中记有“地可使肥，又可使棘”，《荀子 · 富国篇》中记有“多粪肥田”。

书中这一章节中列举的古人制作农家肥的肥料来源，与新中国成立后农业生产中制作农家肥的肥料来源相近。如在春秋战国时期利用人粪尿、畜粪、杂草、草木灰等做肥料。在秦汉时期又增加了厩肥、蚕矢、缫蛹汁、骨汁、豆萁、河泥等。在晋代时期开始栽培绿肥，《齐民要术》中还记载了绿肥的种类，如绿豆、小豆、胡麻、芝麻等。绿豆、小豆、胡麻这三种物品，我认为需要经过沤制（发酵）才能转变为肥料，而芝麻则需要压榨后用其渣子才可以做肥料。

农家肥，都需要经过发酵后才能使用，需要将人的粪尿、畜粪、杂草等堆集在一起进行发酵，否则不能用。

通过这本书，我们可以从中看到中国古代先民们，是如何运用自己的智慧，通过认识自然、改造自然，来提高日常的生活水平：通过食物发酵来制酒、制醋、制酱和酱油；通过腌制酸菜来延长蔬菜的保存期限；在农业生产方面，通过制作农家肥来提高农作物的产量，进而改善生活。所有这些事情，都离不开古人对自然界进行认真细致的观察和了解，然后加以应用，并一代一代地继承，得以流传千年。读了这本书，不仅增长了酵素方面的知识，还了解了农业生产与食品加工方面的历史。

向高亮、孙继发、梁其安三位农业专家致敬！

我读《辩证唯物主义和历史唯物主义原理》

——写在“世界读书日”

4 月 23 日是“世界读书日”。我们都知道读书的重要性。有些人感叹“书到用时方恨少”，当他们拿起笔来写文章时，感觉比拿锄头还要重，这就是读书少的原因，脑袋里没东西。读书人都懂得“书山有路勤为径，学海无涯苦作舟”的道理。

读书是一件苦差事，需要耗费许多时间和精力，尤其是读《辩证唯物主义和历史唯物主义原理》这本书。这本书的开篇中讲道：“马克思主义哲学——辩证唯物主义和历史唯物主义，是整个马克思主义学说的重要组成部分和理论基础，是无产阶级及其政党的世界观的科学体系。”

我们读了这本书之后，便知道马克思主义哲学是科学的世界观和方法论，是无产阶级政党的理论基础。我读的这本书中，讲了“物质”，讲了人类“意识的起源”，讲了“唯物辩证法的基本规律”，讲了“量变与质变”的关系问题。在书的第六章中讲“唯物辩证法诸范畴”，包括了“原因和结果”“必然性和偶然性”“可能性和现实性”“内容和形式”“现象和本质”等。在书的第八章中讲到“真理”的问题，讲“绝对真理和相对真理”，“实践是检验认识的真理性的唯一标准”。

再往后，书中主要讲“人类社会发展是自然历史的过程”，以及“社会基本矛盾”，“阶级、国家、革命”，“社会意识”（意识形态诸形式）以及“人民群众和个人在历史上的作用”。

学习这本书，对人生意义重大，可以让我们掌握分析问题和解决问题的能力，学会“一分为二看问题”的方法。马克思主义哲学的分析方法，就是辩证的方法，对国家、对人类社会的发展都具有重要的意义。

毛主席在《实践论》中讲道：“马克思主义的哲学辩证唯物论有两个最显著的特点：一个是它的阶级性，公然申明辩证唯物论是为无产阶级服务的；再一个是它的实践性，强调理论对于实践的依赖关系，理论的基础是实践，又转过来为实践服务。”

从我个人来讲，读过这本书之后，在创作《沂蒙儿女》时，就有把马克思主义基本原理写入小说中的想法。下面，我就把写《沂蒙儿女》一书时，把马克思主义基本原理写到书中的情况，介绍一下。

说到马克思主义基本原理，凡是学过马克思主义的人都知道，马克思主义的基本原理是由三部分组成的。在中国，最早传播马克思主义思想的是李大钊和陈独秀，历史上有“南陈北李”的说法。1913 年 3 月，李大钊在《启蒙》杂志上刊登了列宁的文章——《马克思主义的三个来源和三个组成部分》。我读了列宁的这篇文章，在创作《沂蒙儿女》时，专门设计了一个叫吴如燕的人物，来讲马克思主义的三个组成部分。

《沂蒙儿女·学习》一章有以下片段：

回到驻地后，石木林从吴如燕那里拿到了恩格斯、列宁写的著作。其中有列宁写的《卡尔·马克思》《国家与革命》《唯物主义和经验批判主义》，恩格斯的《反杜林论》等书。吴如燕把这几本书交给石木林后说："这些书是刘司令在苏联中山大学学习时发的，半年后他又去了伏龙芝军事学院学习，回国时就把这些书都带了回来。这些书只是马克思主义学说中的一小部分，还有一部马克思写的《资本论》，内容很多，一年半载学不完。在马克思的著作中，辩证唯物论讲的是用唯物主义的观点去看问题、看历史，又分为辩证唯物主义和历史唯物主义。剩余价值论讲的是劳动价值，揭示的是劳动创造价值。劳动创造的价值在扣除了各种费用后，还有一个剩余的价值。而这个剩余的价值在资本主义社会中被资本家占有，用来扩大剥削工人阶级的劳动价值。阶级斗争学说则是讲新兴的阶级，只有与没落的阶级进行激烈的斗争，并消灭没落的阶级后，才能建立起新的社会制度，进一步提高社会的生产力。比如说由封建社会制度向资本主义社会制度过渡，就是经过激烈的斗争后，才建立起资本主义社会的。马克思的阶级斗争论，揭示了这一斗争的过程，揭示了封建社会终结的历史进程。我们将来只有推翻了旧的没落的社会制度，才能建立起一个新的更加美好的社会制度。列宁在俄国创建了布尔什维克，武装夺取政权，建立起社会主义国家，消灭了人剥削人的社会制度，为全世界人民树立了一个光辉的典范。

把马克思主义基本原理写到《沂蒙儿女》中去，是《沂蒙儿女》书中的一个亮点，也是书中的一个重要情节。这样写，也符合马克思主义在中国、在山东传播的历史。

学习马克思主义哲学，需要我们静下心来认真读，要把厚书读薄，就要有坚持不懈的读书精神，我们要从马克思主义哲学中学到正确的世界观和分析问题、解决问题的能力。

学一学《辩证唯物主义和历史唯物主义原理》这本书，会让我们终生受益。

春天里的野菜

近日，在《快乐老人报》2022 年 4 月 4 日的报纸上，看到一篇题目为《古人与野菜那些缠绵往事》的文章，里面列举了五种野菜，它们分别是韭菜、香椿、水芹、菊花脑、蒌蒿。

在这篇文章中，韭菜被排在第一名。文章中这样讲："韭菜最初是被古人用作向帝王宗庙敬献的祭品。在一些先秦的古籍中，有'其山多韭''庶人春荐韭'等文字记载。至于韭菜从祭祀品变成了百姓餐桌上的美食，得感谢西汉渤海太守龚遂和宋太祖赵匡胤鼓励人们种韭菜。到了南宋时期，还出现了韭菜的升级版：韭黄。"

在古代，韭菜多长在山上，是一种山野菜。另外，韭菜也是一种药材，其味辛、甘、性温、无毒。韭菜的功效：归心、安五脏、除胃中热。在《本草纲目 · 图鉴》中，韭菜属于"荤辛类"，与葱归为一类。《本草纲目 · 图鉴》中这样解释韭菜："韭字像其叶长出地上的形状，种一次便长期生长，所以叫韭……李时珍说：韭的茎叫韭白，根叫韭黄，花叫韭菁。《礼记》称韭为丰本，是说它美在根。薤之美在白，韭之美在黄。韭黄是韭未出土的部分。"

香椿，作为一种野生植物，从古到今都是人类吃的一种野菜。香椿被列为野菜，我认为这与香椿树生长在野外，不需要人类对其加以培育有关。每到春天香椿树发芽后，在其长到10厘米长时即可以掰下。香椿芽可以凉拌，可以热炒，可以用油炸，可以用盐腌成咸菜吃。

水芹味甘、性平、无毒，有保养血脉、强身补气的功效。《本草纲目》中水芹归入芹菜。《本草纲目》中讲道，芹菜有水芹、旱芹两类。水芹生在沼泽的边上，旱芹则生长在陆地……水芹生在阴暗潮湿的地方，吃起来不如旱芹让人喜爱。

菊花脑，是野菊的近缘植物，早在宋代就已有吃菊花脑的文字记载了。

蒌蒿，与水芹一样是生长在水洼处的野菜，苏东坡有“蒌蒿满地芦芽短”的诗句，让其知名度大增。

其实，在人类社会的发展中，食用野菜不是什么新鲜事。旧社会老百姓吃野菜，是因为粮食不够吃，现代社会人们吃野菜，一是因为有些野菜品种好吃，适合家庭食用，如荠菜；二是有的野菜不但好吃还能治病，如马齿菜。马齿菜在《本草纲目》中称为“马齿苋”。马齿苋有多种功效，如止痢、利水消肿、解毒。

近些年我因为写小说，买了三大本《本草纲目》，对书中的中草药进行过研究。我发现《本草纲目》中的许多药材，都是我们日常吃的食品，如果类、谷类、禽类、虫类、鳞类、介类（蚌、螺、蟹等），可谓食药同源。

我第一次吃野菜，是很小的时候。那时常与小伙伴在家附近的绿化带丛中玩。一次在绿化带的小柏树下发现一棵长长的野菜，拔出后拿回家里，问奶奶："奶奶，这是什么？"奶奶说："这是曲曲菜。"我说："能吃吗？"奶奶说："能吃，但要用水泡一晚上，然后蘸着面酱吃。"于是我又到小柏树下拔来许多曲曲菜，让奶奶用水泡了起来。第二天中午，奶奶把洗净泡好的曲曲菜放到盘子里，又拿来面酱让我们蘸着吃。当时，我吃了曲曲菜后，感觉这种野菜清脆中带有一点苦味，不难吃。

野菜中带有苦味的菜有多种，大家最熟悉的当属苦菜。苦菜是一个大家族，有许多不同的品种。苦菜一般都不大，最大的与成年人的手掌差不多。在这一点上，苦菜与曲曲菜有很大的不同。曲曲菜可以长到 20 厘米高，有的地方成片长。苦菜冬季不会被冻死，有红茎、白茎两种。花约 6 月开，呈黄色，像野菊。苦菜茎中空而脆，折断后有白汁流出。叶的颜色绿中带碧。叶柄依附在茎上，每片叶子有分叉，相互交撑挺立，一枝花结一丛种子。

在山东，每到春天人们还会去采摘槐花和榆荚，并将其做成食物吃。榆荚，《新华字典》里这样解释："榆树，落叶乔木，三四月开小花。果实外面有膜质的翅，叫榆荚，也叫榆钱。"叫榆钱，是因为榆荚的外形是圆的，有点像铜钱。榆荚，在《本草纲目》中也是一种中草药。《本草纲目》中讲榆荚：甘、平、滑利、无毒。主治：大小便不通，利水道，除邪气。疗肠胃邪热气，消肿，治小儿头疮痂疕。

春天是一个美好的季节，万物复苏，百花齐放。

麻雀的前世今生

在《在部队大院生活的回忆》那篇文章里我写到一些小动物，如蛇、鱼、野兔等。其实，我们常见的小动物是麻雀。麻雀这种鸟个头不大，是一种留鸟，它不迁移，不论是严寒的冬季，还是春暖花开的季节，麻雀常年坚守在一个地方，觅食，飞翔。

我最早关注麻雀这种小鸟，还是在20世纪50年代末。那时，国家号召“除四害”，这个“四害”包括苍蝇、蚊子、老鼠和麻雀。“除四害”的本意是减少疾病的传播，提高人民的健康水平。“四害”中的前三种——苍蝇、蚊子、老鼠，是极易传播疾病的。比如说老鼠，小则偷吃粮食，大则传播鼠疫，决不能小觑。时至今日，苍蝇、蚊子、老鼠仍然是我们要重点防范的“三害”。20世纪50年代末把麻雀列为“四害”之一，主要是因为麻雀每到秋收季节，总会成群结队飞到农田里吃谷子之类的农作物。20世纪五六十年代，农产品的产量较低，农民辛苦一年，眼看粮食要丰收了，却被大群的麻雀给吃掉，自然是想尽力阻止。当时，农民主要的防范手段是在谷子地里竖起稻草人来吓唬、驱赶麻雀。

在“除四害”运动中，大量的麻雀被打死后，在第二年的夏季便出现了大量的害虫，对农作物和树木都产生了危害。在自然界中，一物克一物，鸟的种类虽然很多，但各有各的“食谱”。客观上讲，麻雀是一种杂食动物，它不仅吃谷子等粮食作物，更多时间是吃害虫，特别是夏季老鸟养育幼鸟时，需要捕捉大量的虫子来喂养小鸟，吃谷子等农作物的时间少，不应被当成“害鸟”来对待。认识到这一情况后，“四害”中去掉了麻雀，增加了臭虫，仍为“四害”。

在自然界中，麻雀是弱者。我曾经见过雀鹰抓麻雀，速度之快，攻击之猛，“爪”到擒来，一气呵成。

当年我们上初中、高中时，课程少，也没有课外作业，放学之后，没少打麻雀，但真正打下来的不多，毕竟麻雀也是怕人且非常警觉的。过去，没有相关的法律法规，人们也缺乏保护鸟类的意识。不论是麻雀，还是大雁、野鸭、斑鸠，凡是能见到的鸟类，都可能会被猎杀。现在有了《中华人民共和国野生动物保护法》，大家的法治意识和生态意识也大大增强了，因此，绝大多数人都能树立法制观念，知道生态保护的重要性，不再去打飞禽走兽了，这也是社会的进步。

从历史上看，人类与麻雀和谐共处也有几千年历史了，我们在一些文章里也可以看到与麻雀有关的语句，比如毛主席在《改造我们的学习》一文中就写道：“闭塞眼睛捉麻雀。”还有“麻雀虽小，五脏俱全”等词语或以麻雀做比喻。

现在，麻雀被列入“三有”保护动物，这对它对人类都是有益的。麻雀与人类没有利益之争，没有名利之争，也不会伤害人类。历史在前进，人类也在前进中不断纠正自己所犯的错误。今天，人鸟共存，相得益彰，一起走向更加美好的明天。

虎年说虎

老虎与人类的关系，有几千年的历史了。我们小时候首先从成语中认识了老虎，如虎踞龙盘、虎口拔牙、虎口余生、虎视眈眈、虎头蛇尾、虎穴龙潭、虎落平川、狐假虎威、虎啸风生等。除此之外，与老虎有关的谚语有："山上无老虎，猴子称大王""明知山有虎，偏向虎山行"等。

在现代战争中，人民解放军也有一句与虎有关的名言："攻如猛虎，守如泰山。"

中国主要有东北虎、华南虎等虎种。在 20 世纪五六十年代之前，人们没有保护老虎的概念，甚至把老虎列为害兽，广泛开展打虎运动。据资料记载，20 世纪五六十年代，全国各地共打死了一千多只老虎。在江浙一带的山区里，华南虎基本被打绝，近几十年再未发现一只野生的华南虎；生活在东北长白山一带的野生东北虎，也只剩下二十几只。我记得 20 世纪 60 年代时，报纸上曾刊登了这样一篇报道：在浙江某山区有一个女民兵，看到一只老虎捕捉到一名儿童，她便奋不顾身冲上前去，骑到老虎的背上，奋力把这只老虎给打死了。当时报纸上称她为"现代武松"，之后国家还专门奖励给她一支 56 式半自动步枪。

随着社会的发展，人们保护野生动物的意识逐渐加强，国家也出台了相关保护措施和法律法规，老虎不再是害虎，也不允许被猎杀。

虎，除了有“老虎”的叫法，还有一个叫法为“大虫”。据说，老虎被叫作“大虫”始于唐朝。唐朝开国皇帝、唐高祖李渊的爷爷叫李虎。囿于“为尊者讳”之古训，“虎”字在当时就被唐朝百姓所避讳。因此，唐朝百姓见了老虎后不敢叫虎，改为称“大虫”，或以“猛兽”等词来代表虎。

到了明朝，“大虫”又成了泼皮、恶人的代用词。在《水浒传》“梁山泊林冲落草 汴京城杨志卖刀”一章里，就有“快躲了！大虫来也！……原来这人是京师有名的破落户泼皮，叫做没毛大虫牛二”。

从历史上看，含“虎”字的诗句并不多，唐朝李白写的诗里有两三首带“虎”字，但当时是用“兽”字来代替。李白诗里现在用的“虎”字，是在唐朝灭亡之后，重新编印时改为“虎”字的。

毛泽东主席是伟大的军事家、政治家，也是一位伟大的诗人。毛主席一生写了许多著名的诗词，在华夏大地广为流传。毛主席的诗词刚柔兼陈，宏伟大气，气壮山河，有着丰富的思想内涵，其中有一篇名为《人民解放军占领南京》的诗影响很大，毛主席在诗中这样写道：“钟山风雨起苍黄，百万雄师过大江。虎踞龙盘今胜昔，天翻地覆慨而慷。”

虎年说虎，以上文字即是我在虎年里研究“虎”字的一篇短文，以此与文友们交流。

大雪

2016年元月22日，天上飘飘扬扬下了一场大雪。这鹅毛般的雪花漫天飞舞，就像天上仙女在散花。近几年下的雪都很小，已经很久没有见到这么大的雪了。元月23日是星期六，我那小孙子不上幼儿园，早饭后跟着奶奶在楼下的草地里玩堆雪。儿童对雪有一种天然的喜爱，天性使然吧。这场雪对常人而言再正常不过了，这让我想起我上小学时下的一场大雪……

记得那是1967年的冬天，一场不期而遇的大雪覆盖了大地。当时我们住在长清县城南，一座东西走向的山南面的部队营房里。早上起床后开门一看，只见门外白茫茫一片，全是雪。早饭后，我们要去县城里上学，出门后便爬上北山坡，越过部队营房的石头围墙后朝县城里走。那场雪很大，深可达成年人的膝盖。从山上往山下走时，只见山野里一片白雪，除了小柏树还立在雪里之外，仅能看到小道上有几个小黑点正在朝县城方向移动。因为山野里雪大沟深路难走，放学后我们几个同学沿着济南至泰安的公路绕道而行。公路上同样是白雪皑皑，一眼望不到头。我们向远处眺望，只见山上的积雪在大风的吹动下，如银蛇一般在空中飞舞，煞是好看。这场大雪，给我留下了深刻的印象。从那之后，再也没有见过那么大的雪了。

常言道："瑞雪兆丰年。"冬雪对农田、农作物是非常宝贵的，可以为农田里的越冬作物提供水分，还可以为越冬小麦提供保护。当然，城里人与农民的感受有明显的不同，尤其是在现代化的城市中，下大雪会给人们带来诸多不便。

从古到今，众多文人墨客常以"雪"为题，留下许多千古文章。开国元帅陈毅同志，在老一辈的革命家中极有文学才华，他在一首《冬夜杂咏》的诗中写道："大雪压青松，青松挺且直。要知松高洁，待到雪化时。"毛主席也曾写过一篇以"雪"为题的诗词，这就是著名的《沁园春·雪》。在这首词中，毛主席写道："北国风光，千里冰封，万里雪飘。望长城内外，惟余莽莽；大河上下，顿失滔滔。山舞银蛇，原驰蜡象，欲与天公试比高。"毛主席的诗词意境大气磅礴，气势雄壮。

再来说雪。其实雪对现代化的城市来讲也并非一无是处。大雪可以净化空气，减少灰尘，可以为城市儿童带来无穷的乐趣，还可以为越冬的树木曾加水分。可以说，冬天适量下雪对人类来讲利大于弊。

第四章

学习思考

XUEXI SIKAO

学哲学

1971年春，我那时正在上高中，社会上开始了一场学习毛主席哲学的热潮。当时毛主席的主要哲学著作共有五篇文章，分别是《实践论》、《矛盾论》、《关于正确处理人民内部矛盾的问题》、《在中国共产党全国宣传工作会议上的讲话》（1957年3月12日）、《人的正确思想是从哪里来的？》。我学哲学，也是从那时开始的。

毛主席在《实践论》中写道："列宁这样说过：'实践高于（理论的）认识，因为它不但有普遍性的品格，而且还有直接现实性的品格。'马克思主义的哲学辩证唯物论有两个最显著的特点：一个是它的阶级性，公然申明辩证唯物论是为无产阶级服务的；再一个是它的实践性，强调理论对于实践的依赖关系，理论的基础是实践，又转过来为实践服务。"

毛主席的这几篇哲学文章，可谓是博大精深，值得每一个学哲学的人读一读。我在读了毛主席的这几篇文章后，知道了"现象""本质""感觉"和"印象"等词语的内涵，后来在学习社会学时，又从课本里读到，印象十分深刻。

毛主席在他的《实践论》中还专门讲到认识问题，即认识是从实践开始，经过实践的检验上升到理论上的认识，再回到实践中去。认识，不但表现于从感性的认识到理性的认识之飞跃，更重要的还在于从理性认识到实践的飞跃。实践证明，没有这样的飞跃，我们任何一项工作都难以发展。

后来读到《辩证唯物主义原理》这本书，我对哲学的认识进一步加深。在这本书第一章绪论中讲道："马克思主义哲学——辩证唯物主义和历史唯物主义，是整个马克思主义学说的重要组成部分和理论基础。"

马克思主义哲学中有一个不太好理解的规律，即"否定之否定"。虽然教材和学习问答上都对这个规律做了详细讲解，但我在理解这个规律时仍然感到有一些困难。后来我看到一篇文章，毛主席在解释"否定之否定"规律时做过这样一个比喻，说飞机从地面可以飞到天上去，这是对地面的一个否定；飞机飞到天上后，还要再落到地面上，这是飞机对天空的一个否定。我看了这个比喻后，豁然开朗，也就是说：飞机可以离开地面飞到天上去，不停在地上也能行。但是，飞机飞到天上后，还要再落下来。如果它不落下来，必然要从天上掉下来，这对天空也是一个否定。我认为这样理解"否定之否定"规律，符合辅助教材上讲的："它揭示了事物的发展是由肯定到否定，再由否定到肯定，如此循环往复螺旋式上升的辩证过程。"

学哲学是一个艰苦的过程，需要不断努力研究其中深奥的哲理，才能不断地前进。

我学心理学

1985年，我参加社会学函授大学时曾学习过心理学。近日，我把课本找了出来，重读了一遍，感慨颇深。

我所理解的心理学

心理学，是从西方传到中国来的，其代表人物叫冯特。冯特是普通心理学和社会心理学的先驱者。

人类是从猿人进化来的，而从猿人到现在人的发展进程是一个漫长的时间。人与动物的不同，在于人会劳动，会使用工具，会制造工具，有语言能交流。人类的生产活动，表现了人与自然的关系，以及在这种关系基础上形成的人与人之间的关系。

人与人之间的关系是社会关系，其核心是生产关系。从远古人类的狩猎活动，到现代人的生产活动，都是生产关系和合作关系。生产实践是人类心理活动发生发展的一个重要条件。人是社会中的人，人与动物的区别还体现在人与社会的关系中：人不能脱离社会，而人类社会的进步也依赖人来推动。

人特有的语言，给人的心理活动带来重大的变化。人的心理活动的丰富性、深刻性，都同人类特有的语言分不开。

心理是人脑的机能。而古希腊哲学家亚里士多德认为，思想和感觉的器官是心脏，脑的作用只在于使流出心脏的血液冷静一点而已。中国古代哲学家孟子也认为，思维的器官是心。他说："耳目之官，不思而蔽于物，物交物，则引之而已矣。心之官则思，思则得之，不思则不得也。"这是中国古代学者对思维的认识，因而就有"心想事成"这个成语。

人的心理从哪里产生？心有思维的能力吗？现代科学研究证明，脑是心理产生的器官，一个人的大脑一旦受伤，他的心理活动就要有一定的变化，对身体机能也会产生一定的影响。因而，无头脑的思维是不存在的，心理是大脑活动的产物。

作为人脑机能的心理并不是人脑独立活动的结果，而是人脑在客观条件的作用下产生的心理活动，是脑对客观现实的反映。比如，从人的感觉、知觉，到复杂的思维、想象、动机、兴趣、情感、意志、推理等等，都是人类对客观现实的反映，这也说明人的心理活动具有客观性的特点。

但是，人的心理活动并不像我们照镜子一样机械地反映所照物体，而是与他在长期生活实践中形成的世界观、人生观和价值观紧密相连。也就是说，每个人对同一事物的反映是不同的。人们对同一件事物的反映，会因个人的知识、经验、性格特点、道德水平，以及世界观的不同而不同。一句话，客观现实是我们心理活动的源泉。

人类生活的自然环境与社会环境决定着人们的心理，所以存在着团体的社会心理，从而引出社会心理学。人类的心理活动具有许多特点，如阶级性、民族性、差异性、地域性等。

中国古代的心理学思想

中国有五千年文明史，经历过漫长的奴隶社会和封建社会，有灿烂的文化。中国古代产生过许多思想家、科学家、发明家、政治家、军事家、文学家，留有丰富的历史文化典籍。如老子、荀子、孔子、墨子、管子为代表的历史人物，都是中国古代社会著名的思想家；而军事家则有孙武、孙膑、吴起、尉缭等人，分别著有《孙子兵法》《孙膑兵法》《吴子兵法》《尉缭子》。另外，在明朝初年，军事家刘基（字伯温，通经史，晓天文，精兵法）著有一部《百战奇略》的兵法著作。下面是我从这些典籍中选取的一部分关于心理学的论述。

《管子》中的心理学

《管子·七法篇》里，讲到“心术”一词。那什么是“心术”？“实也，诚也，厚也，施也，度也，恕也，谓之心术。”这段文字的意思是，老实、忠诚、宽厚、施舍、度量、宽恕等，即心术。这里的心术，即一个人的心理。老实、忠诚、宽厚、施舍、度量、宽恕，是一个好人的心理标准。

《管子·七法篇》里还讲道：“不明于心术，而欲行令于人，犹倍招而必射之。……布令必行，不知心术不可；举事必成，不知计数不可。”这段话是在讲，不懂得心术，而想对民众发号施令，就如同背对着靶子射箭而想命中一样。此外，君主发布命令，令出必行，但不了解百姓的心思不行。君主不了解百姓的心思随意发布命令，就有可能引发社会问题，产生混乱。

在《管子》一书中还有个《心术篇》。管子在这篇文章中讲道：“心安，是国安也；心治，是国治也。治也者心也，安也者心也。治心在于中，治言出于口，治事加于民。故功作而民从，则百姓治矣。”管子在这里提出了一个重要的社会心理学问题，即要治理好国家，使国家安定，必须治民心，安民心；要治好民心，使民心安定，必须把国家的事情、人民的事情办好。

《管子·枢言篇》中讲道：“道之在天者，日也；其在人者，心也。故曰：有气则生，无气则死，生者以其气；有名则治，无名则乱，治者以其名。枢言曰：爱之，利之，益之，安之，四者道之出。帝王者用之，而天下治矣。”意思是，道在天就是太阳，在人就是人心。有气就生，无气就死，生命靠气存在。有名分则治，无名分则乱，社会安定靠名分。爱民、利民、益民、安民，这四个方面决定国家和社会的稳定。帝王采用了它们，天下便安定了。

《管子·内业篇》中讲：“形不正，德不来；中不静，心不治。……心无他图，正心在中，万物得度。道满天下，普在民所，民不能知也。一言之解，上察于天，下极于地，蟠满九州。何谓解之？在于心安。我心治，官乃治；我心安，官乃安。治之者心也，安之者心也。心以藏心，心之中又有心焉。彼心之心，音以先言。音然后形，形然后言。言然后使，使然后治。不治必乱，乱乃死。”前边的一段话中讲的是个人的心理情况，即：身不正，德不来，体不得静，心不得治。后边的文字则讲的是社会心理问题：我心安，官心才安；治理百姓，要让百姓安心，要以心对心。同时，要让百姓能表达对国家、对官府的意见，要让百姓有发言权。百姓敢讲话，官方才能治理好国家。

《管子》这部书，展示了管子博学多才的文化知识和丰富的治国理念，值得我们认真读一读。

《孙子兵法》中的心理学

在中国古代的兵法著作中，孙武写的《孙子兵法》影响最大。孙武在《孙子兵法》中提出“不战而屈人之兵”的作战思想，即是孙武的一个心理战作战原则。“不战”，即不用打仗；“屈”是使之屈服的意思。不用打仗即能让敌人屈服，是由多种条件组成的。首先，强国以强大的兵力压境，小国弱国面临亡国的危险。其次，强国重兵压境，小国只有举旗投降，才可以保全君主的生命，保全全国的老百姓，这种心理压力是不言而喻的。从进攻的一方来讲，不用强攻、硬打，即能使敌人降服，扩大领土，这在战争中是上上策。从历史来看，春秋战国时期以韩信为大将的汉军，在攻打燕国时，即采用重兵压境的办法，迫使燕国投降，之后齐国也闻风而降，收到奇效，这就是“不战而屈人之兵”的典范。在这里强调一点，古代战争不同于近现代战争，这里不讨论战争的性质问题。

在《孙子兵法·地形篇》中，孙武提出“视卒如婴儿，故可与之赴深溪；视卒如爱子，故可与之俱死。”从这段文字可以看出孙武对将与卒之间的关系是非常重视的。而这种关系，本质上是一种心理关系。将帅关心部下，从衣、食、住、行等方面为士卒着想，上了战场士卒才会与将帅同心协力去打仗，去拼命，否则只会打败仗。人民军队中常讲“官兵关系”，讲“官爱兵，兵爱官”的精神，讲“官兵一致”的原则，就是为了在战场上同心协力去打仗，打胜仗。同样，在和平时期也能办大事。

《百战奇略》中的心理战战法

明朝军事家刘基，在《百战奇略》这部书中讲了一百种战法，这里选几种与心理战有关的作战方式写一下。

“能示之不能”，是心理战战法之一。

《百战奇略·强战篇》中这样讲道：“凡与敌战，若我众强，可伪示怯弱，以诱之来与我战；吾以锐卒击之，其军必败。法曰：能示之不能。”

刘基在《强战篇》中所讲的战法，即是以假掩真、以强示弱，来掩盖进攻一方的兵力情况，从而让对方从认知上、心理上上当受骗，误以为来犯之敌只是一支弱旅，从而产生一种轻敌的思想，最终被进攻一方给打垮。

“以弱示强”，是心理战战法之二。

在《百战奇略·弱战篇》中这样讲道：“凡与敌战，若敌众我寡，敌强我弱，须多设旌旗，倍增火灶，示强于敌，使彼莫能测我众寡强弱之形，则敌必不轻与我战，我可速去，则全军远害。法曰：强弱，形也。”

刘基在《弱战篇》中写的这个战法，也是一种心理战。即：以多设旗帜、增加火灶的办法，制造假象，隐真示假迷惑敌人，从而让进攻的一方误认为防守的一方兵强马壮，难以打败。

“杀敌者，怒也”，是心理战战法之三。

在《百战奇略·怒战篇》中这样讲道：“凡与敌战，须激励士卒，使忿怒而后出战。法曰：杀敌者，怒也。”

刘基在《怒战篇》中讲的这种办法，是以宣传为手段，从心理上激起己方士兵对敌人的仇恨，激发起战场上奋勇杀敌的决心和勇气。

在《百战奇略·疑战篇》中这样讲道：“凡与敌对垒，我欲袭敌，须从草杂木，多张旗帜，以为人屯，使敌备东而击其西，则必胜。或我欲退，伪为虚阵，设留而退，敌必不敢追我。法曰：众草多障者，疑也。”

《百战奇略》中的这个疑战兵法，应该是从《孙子兵法·虚实篇》中继承下来的，或者说是一脉相承，“虚实篇”就是一个假与真的问题。“疑”是有疑问或是有怀疑，难确定。而打“疑战”的前提就是“造假”，用假象来迷惑敌人，从而让敌方将领产生错觉。如在《三国演义》中有个诸葛亮设“空城计”的故事，让率领十五万精兵的司马懿，眼望空城心存疑问，最终率领十五万精兵急退而去。

打疑战，首先要设下疑阵。这个疑阵可以是人为布置的，也可以是利用自然环境加以伪装后形成的，这就要看敌方主将的心理素质和观察、判断能力了。如“八公山上，草木皆兵”这个典故，就是主将观察、判断失误，错把山上的草木当成对方的士兵，影响了士气，最终战败的一个案例。“疑战”中的声东击西，是心理战战法之四。

以上是我学习心理学的一点心得和体会，以此文与文友们交流。

我学《毛泽东选集》

我学毛主席著作，是从上初中时开始的。高中毕业后，下乡之前，我除了看一些军事文学方面的书籍外，就是在看《毛泽东选集》了。

《毛泽东选集》第一卷开篇文章是《中国社会各阶级的分析》。在这篇文章的开头，毛主席讲道：“谁是我们的敌人？谁是我们的朋友？这个问题是革命的首要问题。”

毛主席将当时中国的各阶级分为地主阶级和买办阶级、中产阶级、小资产阶级、半无产阶级和无产阶级，并进行了详细的分析。

《毛泽东选集》的第二篇文章，是毛主席写的《湖南农民运动考察报告》。毛主席在这篇文章中提出“没有贫农，便没有革命”，“推翻土豪劣绅的封建统治”，“推翻地主武装，建立农民武装”，“推翻县官老爷衙门差役的政权”。毛主席的这篇文章是 1927 年 3 月写成的，也就是说，这篇文章写成的时间，早于 1927 年 8 月的南昌起义。

毛主席一生中非常注重调查研究，他在 1941 年 3 月，又写了一篇调查文章，题目为《农村调查》。在这篇文章中，毛主席写道："没有调查就没有发言权。"不论是在战争年代，还是新中国成立以后，毛主席对调查研究都非常重视，经常亲自下乡去调查农业、农村的情况。

毛主席在 1937 年 7 月和 8 月，先后写了《实践论》和《矛盾论》两篇文章。这两篇文章在毛主席的著作中，占有非常重要的位置。

毛主席在《实践论》开篇讲道："马克思以前的唯物论，离开人的社会性，离开人的历史发展，去观察认识问题，因此不能了解认识对社会实践的依赖关系，即认识对生产和阶级斗争的依赖关系。"

毛主席在这篇文章中还明确提出："马克思主义的哲学辩证唯物论有两个最显著的特点：一个是它的阶级性，公然申明辩证唯物论是为无产阶级服务的；再一个是它的实践性，强调理论对于实践的依赖关系，理论的基础是实践，又转过来为实践服务。判定认识或理论之是否真理，不是依主观上觉得如何而定，而是依客观上社会实践的结果如何而定。真理的标准只能是社会的实践。实践的观点是辩证唯物论的认识论之第一的和基本的观点。"

毛主席在《实践论》中，为检验真理制定了一个标准，即：实践是检验真理的唯一的标准。人们对生产活动的认识，是一步步由低级向高级发展的，对社会的认识也是一步步由低级向高级发展的。在这个过程中，人们的认识会产生一些偏差，从而导致社会的发展走弯路。因而，毛主席在《实践论》一文的结尾讲道："通过实践而发现真理，又通过实践而证实真理和发展真理。……实践、认识、再实践、再认识，这种形式，循环往复以至无穷……”

通过学习毛主席的《实践论》，我知道了什么是感性认识，什么是理性认识。毛主席讲：“认识的感性阶段有待于发展到理性阶段——这就是认识论的辩证法。”

在学完毛主席的《实践论》后，我开始学《矛盾论》。《矛盾论》是一篇比较难学的文章，需要反复学习才能学明白。毛主席在《矛盾论》开篇讲道：“事物的矛盾法则，即对立统一的法则，是唯物辩证法的最根本的法则。”

之后，毛主席在《矛盾论》中写了七个部分：“一　两种宇宙观”，“二　矛盾的普遍性”，“三　矛盾的特殊性”，“四　主要的矛盾和主要的矛盾方面”，“五　矛盾诸方面的同一性和斗争性”，“六　对抗在矛盾中的地位”，“七　结论”。

毛主席在《矛盾论》中写了这样一段话：“唯物辩证法认为外因是变化的条件，内因是变化的根据，外因通过内因而起作用。鸡蛋因得到适当的温度而变化为鸡子，但温度不能使石头变为鸡子，因为二者的根据是不同的。”

由此延伸到我们人类社会，延伸到每一个个人，最终发展的结果主要是由内因决定的，但外部条件也是一个重要的因素。

我学《论持久战》。毛主席的《论持久战》一文，写于1938年5月。近日我看到一篇文章，讲述毛主席当年写《论持久战》时的情况。这篇文章讲：“到1938年5月，全面抗战已经进行了10个月，国民党除了在台儿庄一战获胜外，在其他地区接连战败，北平、天津、太原、上海、南京、合肥、厦门、徐州等大中城市相继落入敌手，无数难民逃往西南、西北内地，民怨沸腾，人心惶惶。而蒋介石政府期待的国际干涉也没有如期而来。在这种情况下，中国的未来在哪里？抗战的未来在哪里？当时国内出现了几种论调，一个叫‘亡国论’，一个叫‘速胜论’。中国能速胜吗，会亡国吗？与普遍流行的论调不同，毛泽东主席既不同意‘速胜论’，更不赞成‘亡国论’，他认为中国的抗战应该是一场持久战。毛主席为了支持自己的观点，用了七天七夜的时间，创作完成了长达5万字的鸿篇巨制：《论持久战》。”

毛主席在《论持久战》这篇文章的开头这样讲道：“伟大抗日战争的一周年纪念，七月七日，快要到了。……然而战争的过程究竟会要怎么样？能胜利还是不能胜利？能速胜还是不能速胜？很多人都说持久战，但为什么是持久战？怎样进行持久战？……这些问题，不是每个人都解决了的，甚至是大多数人至今没有解决的。于是失败主义的亡国论跑出来向人们说：中国会亡，最后胜利不是中国的。”

毛主席在这篇文章中指出：“抗日战争为什么是持久战？最后胜利为什么是中国的呢？根据在什么地方呢？”

毛主席在文章中列举了中、日两国的基本情况，并从人力、军力、财力、物力、矿产等各个方面进行了论述，还特别指出这场战争的性质，是一场正义战争和非正义战争的较量，从而得出“亡国论”是不对的，“速胜论”也不对。

毛主席在文章中讲了为什么是持久战，以及持久战的三个阶段。此后抗日战争的发展进程，即是按照毛主席在《论持久战》中的分析而发展的。最终，中国人民战胜了日本侵略者，赢得了抗日战争的伟大胜利。

我学“老三篇”。这个“老三篇”是指毛泽东主席在抗日战争时期写的三篇文章，即《纪念白求恩》《为人民服务》和《愚公移山》。

毛主席在《纪念白求恩》一文中讲道："白求恩同志是加拿大共产党员，五十多岁了，为了帮助中国的抗日战争……不远万里，来到中国。……一个外国人，毫无利己的动机，把中国人民的解放事业当作他自己的事业，这是什么精神？这是国际主义的精神，这是共产主义的精神……"

毛主席在《为人民服务》中讲道："因为我们是为人民服务的，所以，我们如果有缺点，就不怕别人批评指出。不管是什么人，谁向我们指出都行。只要你说得对，我们就改正。你说的办法对人民有好处，我们就照你的办。"

毛主席在《愚公移山》中讲道："中国古代有个寓言，叫做'愚公移山'。说的是古代有一位老人，住在华北，名叫北山愚公。他的家门南面有两座大山挡住他家的出路……愚公下决心率领他的儿子们要用锄头挖去这两座大山。有个老头子名叫智叟的看了发笑，说是你们这样干未免太愚蠢了……愚公回答说：我死了以后有我的儿子，儿子死了，又有孙子，子子孙孙是没有穷尽的。这两座山虽然很高，却是不会再增高了，挖一点就会少一点，为什么挖不平呢？"

毛主席在这三篇文章中提出的国际主义精神、为人民服务精神和愚公移山精神，在中国影响了无数人，是中国人民的传家宝。

1946年8月，在第三次国内战争开始后，毛主席与美国记者安娜·路易斯·斯特朗有一次谈话。这个谈话，被收录在《毛泽东选集》第四卷中。

在这次谈话中，美国记者安娜提出了这样一个问题："如果美国使用原子弹呢？如果美国从冰岛、冲绳岛以及中国的基地轰炸苏联呢？"

毛主席说："原子弹是美国反动派用来吓人的一只纸老虎，看样子可怕，实际上并不可怕。当然，原子弹是一种大规模屠杀的武器，但是决定战争胜败的是人民，而不是一两件新式武器。一切反动派都是纸老虎。……蒋介石和他的支持者美国反动派也都是纸老虎。"

从此之后，在中国人民的词典里就多了一条"帝国主义和一切反动派都是纸老虎"的论断。从中国历史的发展进程来看，毛主席的这个论断是正确的。中国人民解放军把帝国主义侵略者当成"纸老虎"，首先是在战略上藐视敌人，而在战术上，中国人民解放军历来重视敌人，从来是把"纸老虎"当"真老虎"来打。不论是在抗美援朝战争时期，还是在之后的边境自卫反击战中，中国人民解放军从来都有能力、有决心、有办法打垮一切敢于来犯的侵略者。

学《毛泽东选集》要花许多的时间，其中有的文章要反复读才能学明白，但也是大有好处的，可以从中学到毛泽东思想，学到中国的马克思主义，学到认识论和方法论，知道什么是矛盾，什么是主要矛盾，什么是次要矛盾，什么是真理，如何在实践中检验真理和发展真理……

通过学《毛泽东选集》，我学到了博大精深的思想，这让我受益无穷。

我学诗词

在很长一段时间里，一直想写一篇我学诗词的文章，但始终没想好如何写。诗词，现在的孩子们学得很好。这是因为现在国家对青少年的教育规划越来越科学，整个社会重视教育，学生们的课本内容变得更加丰富和充实，课内课外都有学习的条件。

当年，我们那些 20 世纪 50 年代出生的人，书读得少，诗词更是学得不多。

这里，从我上初中时的经历讲起。1969 年的秋天，我开始上初中二年级。开学时，发了数学、化学、物理教材后，没发语文课本。老师说：“语文课本没到。”因此，上语文课时，我们几个部队干部子女，就从家里拿来部队发的《毛主席诗词》，组织大家学习毛主席的诗词。

现在，我手上还保留着一本 1967 年 5 月人民文学出版社出版的《毛主席诗词》，定价 0.26 元。

在这本《毛主席诗词》里，开篇是毛主席写的《沁园春·长沙》。毛主席在这首词中写道：“独立寒秋，湘江北去，橘子洲头。看万山红遍，层林尽染；漫江碧透，百舸争流。……问苍茫大地，谁主沉浮？……恰同学少年，风华正茂；书生意气，挥斥方遒。指点江山，激扬文字，粪土当年万户侯。……”从这篇诗词的内容可以看出，毛主席在年轻时就怀有远大的抱负和宏伟的志向，敢问苍茫大地，谁主沉浮？

当时，我学习了毛主席的这首词之后，除了对毛主席年轻时的远大抱负深感敬佩，还知道了长沙市有湘江、有橘子洲这几个地方。1972 年秋天我高中毕业后，我跟母亲到长沙时，专门到橘子洲去看过，还曾坐船在湘江里一游。

学毛主席诗词，我们不但能从中学到博大精深的思想、文化，感受到伟大的情怀，还能从毛主席的诗词里学会如何写诗词，这对我来说，影响深远。

1967 年 5 月出版的这本《毛主席诗词》里，共计收录了 34 首诗词。毛主席这 34 首诗词可以分为几个部分，一是毛主席青年时期写的诗词，如《沁园春·长沙》《菩萨蛮·黄鹤楼》；二是土地革命战争时期写的诗词，如《西江月·井冈山》《清平乐·蒋桂战争》《沁园春·雪》。在这一段时间里，毛主席写的诗词，都与土地革命战争有关系。如《西江月·井冈山》，“山下旌旗在望，山头鼓角相闻。敌军围困万千重，我自岿然不动。早已森严壁垒，更加众志成城。黄洋界上炮声隆，报道敌军宵遁”，这首词是毛主席在 1928 年秋天写的。在这之前，毛主席率领秋收起义的余部到达井冈山，并在这里创建了中国革命的第一块红色根据地，为中央红军的发展打下坚实的基础。

在毛主席土地革命战争时期写的诗词里，我印象最深刻的是《七律·长征》：“红军不怕远征难，万水千山只等闲。五岭逶迤腾细浪，乌蒙磅礴走泥丸。金沙水拍云崖暖，大渡桥横铁索寒。更喜岷山千里雪，三军过后尽开颜。”学习了毛主席这首诗之后，我才知道到在中国革命的历史上，还有“长征”这样一件大事。我们学了毛主席的这首诗后，除了能从诗中感受到红军将士在长征中的艰苦，还能感受到红军将士在党的领导下“万水千山只等闲”的豪情壮志。

红军长征结束后，毛主席对红军长征这段历史给予极高的评价，毛主席说：“长征是历史纪录上的第一次，长征是宣言书，长征是宣传队，长征是播种机。自从盘古开天地，三皇五帝到于今，历史上曾经有过我们这样的长征么？……长征宣告了帝国主义和蒋介石围追堵截的破产。……总而言之，长征是以我们胜利、敌人失败的结果而告结束。”（摘自《毛泽东选集》第一卷《论反对日本帝国主义的策略》一文）

以诗言志，诗是心声。毛主席在战争年代写的最后一首诗，是《七律·人民解放军占领南京》。毛主席在诗中这样写道：“钟山风雨起苍黄，百万雄师过大江。虎踞龙盘今胜昔，天翻地覆慨而慷。宜将剩勇追穷寇，不可沽名学霸王。天若有情天亦老，人间正道是沧桑。”

1949 年 4 月 23 日，人民解放军百万雄师渡过长江，国民党政府一夜间逃光，中国人民解放军解放了南京城。

在“星火燎原”丛书第 10 卷中，有宋献璋同志写的一篇文章，题目为《红旗插上南京城》。宋献璋同志在文章中这样写道：“二十三日中午，在浦口火车站一座空房子里，军部召开了紧急会议。军首长向大家宣布说，我第二、第三两大野战军，已在西起九江东北的湖口东至江阴长达千里的战线上，强渡了长江。敌人全线崩溃，我军正从左右两面向南京逼近。前线指挥部命令我军立刻从正面渡江，直取南京城！”

23日晚，第35军在渔民的协助下，分批从浦江码头起渡，渡过了长江，顺利占领了南京城。当人民解放军第35军解放南京的消息传到北平后，毛主席心潮澎湃，挥笔写下了《七律·人民解放军占领南京》。从1934年10月中央红军长征，到1949年4月中国人民解放军解放南京城，15年的时间，中国的历史发生了天翻地覆的转变，换了人间。

新中国成立后，毛主席写的诗词多与中国人民的生产、生活、文化和国防有关，如《七律二首·送瘟神》《七绝·为女民兵题照》等。

1978年，中国人民迎来了改革开放的春天。此后，各出版社出版了大量古今中外的优秀图书，其中就有《唐诗三百首》。我就是在这段时间里买到了这本书。

诗词是中华文化中的瑰宝，而唐诗则被认为是中国古代诗词史上的最高峰。唐诗，不仅反映了大唐时期的文明程度，也是中国文化中重要的组成部分。

我买到《唐诗三百首》之后，便认真地读了起来。我对李白、杜甫写的诗印象最为深刻。读了李白写的《蜀道难》，我真切地感受到蜀道之难："蜀道之难，难于上青天！蚕丛及鱼凫，开国何茫然！……地崩山摧壮士死，然后天梯石栈相钩连。……朝避猛虎，夕避长蛇……蜀道之难，难于上青天……"再如杜甫写的《望岳》："岱宗夫如何？齐鲁青未了。造化钟神秀，阴阳割昏晓。荡胸生层云，决眦入归鸟。会当凌绝顶，一览众山小。"这首诗描写了泰山的雄伟气势，抒发了他攀登泰山绝顶的壮志，表现了他不怕困难、敢于进取、积极向上的人生态度。

学无止境，终身受益。

学习毛主席《在延安文艺座谈会上的讲话》

2023 年 5 月 23 日是毛主席《在延安文艺座谈会上的讲话》发表八十一周年纪念日。

抗日战争爆发后，大批爱国人士和知识青年到延安参加革命。在当时，“到延安去”已经成为一句传播很广的口号。中共中央在陕北及延安地区开办了许多学校，其中有：抗日军政大学、陕北公学、鲁迅艺术学院、马列学院、女子大学、中共中央党校等，还创办了几十种杂志和文艺团体。

1942 年，毛主席通过与文艺界的知名人士丁玲、艾青、萧军等人深入交流，了解到在延安的知识分子中存在的思想问题，因而决定召集在延安的文艺界人士开一个座谈会，就文学艺术家的立场、态度、工作对象、工作、学习等问题交换意见。1942 年 5 月，中央召开了著名的延安文艺座谈会。

毛主席在座谈会上首先提出一个问题：“我们的文艺是为什么人的？”对此，毛主席指出：“列宁还在一九〇五年就已着重指出过，我们的文艺应当‘为千千万万劳动人民服务’。”“我们的文艺，第一是为工人的，这是领导革命的阶级。第二是为农民的，他们是革命中最广大、最坚决的同盟军。第三是为武装起来了的工人农民即八路军、新四军和其他人民武装队伍的，这是革命战争的主力。第四是为城市小资产阶级劳动群众和知识分子的，他们也是革命的同盟者……”

毛主席在第一部分最后讲道：“为什么人的问题，是一个根本的问题，原则的问题。”

毛主席在第二部分中讲：“人民生活中本来存在着文学艺术原料的矿藏，这是自然形态的东西，是粗糙的东西，但也是最生动、最丰富、最基本的东西……它们是一切文学艺术的取之不尽、用之不竭的唯一的源泉。”之后毛主席又指出：“文艺作品中反映出来的生活却可以而且应该比普通的实际生活更高，更强烈，更有集中性，更典型，更理想，因此就更带普遍性。革命的文艺，应当根据实际生活创造出各种各样的人物来，帮助群众推动历史的前进。”

毛主席在这一段讲话中，首先对文学艺术的来源讲得非常清楚，指出人民的生活即是文学艺术的源泉，别无其他；同时指出，文学艺术来源于生活，但应高于生活，应更有代表性，还要能起到推动历史前进的作用。

毛主席在第三部分中提出“政治与文艺的关系”问题。毛主席说：“文艺是从属于政治的，但又反转来给予伟大的影响于政治。革命文艺是整个革命事业的一部分，是齿轮和螺丝钉，和别的更重要的部分比较起来，自然有轻重缓急第一第二之分……”“我们所说的文艺服从于政治，这政治是指阶级的政治、群众的政治，不是所谓少数政治家的政治。”

毛主席在这一段讲话中，重点强调文艺服从于政治，政治高于文艺，文学艺术要向人民群众提供精神粮食，要为人民群众服务。好的文学艺术作品，可以对人类社会的发展起到一种积极推动的作用。

为此，毛主席在第四部分中指出："一切危害人民群众的黑暗势力必须暴露之，一切人民群众的革命斗争必须歌颂之，这就是革命文艺家的基本任务。"

文学艺术为政治服务，是毛主席《在延安文艺座谈会上的讲话》中的一项重要内容。

在第四部分结尾，毛主席指出："学习马克思主义，是要我们用辩证唯物论和历史唯物论的观点去观察世界，观察社会，观察文学艺术……"

毛主席在这一部分，重点讲文艺家们要用马克思主义的观点，去观察社会中存在的各种现象，哪些是先进的，哪些是落后的，哪些是进步的，哪些是反动的。文艺家们，要用进步的、先进的文艺作品去鼓舞人民坚持抗战，要用马克思主义作为指导思想来创作文学作品。

毛主席在延安文艺座谈会上明确提出了"文艺是为工农兵服务的方针"。那么，从土地革命战争时期到抗日战争时期，有哪些文艺作品（歌曲）长盛不衰，最终成为文艺舞台上的经典?

举例如下：第一，《三大纪律八项注意》。这首歌曲，最初是由红 25 军政治部的刘华清和程坦两位同志，利用《土地革命成功了》的歌谱改编而成的。红 25 军到达陕北后，《三大纪律八项注意》这首歌曲逐渐在陕北苏区传开，最终成为一首代表中国人民解放军音乐形象的"军魂之歌"。（注：《三大纪律八项注意》训令，是 1934 年由程子华同志从中央苏区

带到鄂豫皖苏区的）

第二,《义勇军进行曲》。《义勇军进行曲》最初是电影《风云儿女》的主题歌，词作者是田汉，曲作者是聂耳，1935年2月创作完成。这首歌曲在抗战时期不仅影响了中国，还随着中国人民抗击日本侵略者的英雄事迹传遍了全世界，新中国成立后成为中华人民共和国国歌。

第三,《八路军进行曲》。《八路军进行曲》创作于1939年，词作者为公木，曲作者为郑律成。解放战争时,《八路军进行曲》被改编成《中国人民解放军进行曲》，成为人民解放军最响亮的军歌。

“向前！向前！向前！我们的队伍向太阳，脚踏着祖国的大地，背负着民族的希望，我们是一支不可战胜的力量。……”这首歌曲大气磅礴，深受人民军队全军将士的欢迎和喜爱。

另外，公木先生和郑律成先生还创作了一首《八路军军歌》，在抗战时期也曾在八路军中广泛传唱。

“铁流两万五千里，直向着一个坚定的方向，苦斗十年，锻炼成一支不可战胜的力量。……”

第四，《游击队之歌》。《游击队之歌》是在1937年冬，由贺绿汀先生创作完成的。1938年1月，贺绿汀写的这首歌曲首先在山西八路军总部演唱，受到八路军总司令朱德同志，参谋长刘伯承同志及贺龙师长、任弼时同志等八路军高级将领的一致好评，也深受八路军将士的欢迎。

“……没有吃，没有穿，自有那敌人送上前；没有枪，没有炮，敌人给我们造。……”

第五，《你是灯塔》。《你是灯塔》这首歌是抗大一分校到达山东后，由该校的宣传干事沙洪和文工团副主任王久鸣创作出来的，是一首歌颂中国共产党的歌曲，曾经在山东根据地广为传唱，深受山东八路军和老百姓的喜爱。前几年山东电视台曾经多次播放过这首革命歌曲。

“你是灯塔，照耀着黎明前的海洋；你是舵手，掌握着航行的方向……”

另外，还有《黄河大合唱》《大刀进行曲》《到敌人后方去》等歌曲都久唱不衰，在抗日战争时期发挥了巨大的作用，对历史的发展起到了积极的推动作用，影响深远。我在创作《沂蒙儿女》一书时，先后把《义勇军进行曲》《八路军进行曲》《大刀进行曲》和《你是灯塔》等歌曲写入小说中。

毛主席的《在延安文艺座谈会上的讲话》，在毛主席的著作中占有独特的历史地位，是一篇对中国文学艺术的发展产生过巨大影响的文章，影响了中国文艺界几代人的创作。

我爱军歌

参加工作后，我很少有时间唱歌。退休前，青岛西车务段征集段歌，我便把半年前写的一首诗歌，做了一些改动后，作为歌词交给了单位党总支书记。铁路企业没有铁路歌曲，是一件令人遗憾的事情。

我生长在军营里，从上小学起，便开始学唱人民军队的歌曲。记得那时我们在益都县师范附小上小学，学校里每个班的墙上，都安装有一个小喇叭，每天早上上课前，喇叭里都会播放一些歌曲，有《我们是共产主义接班人》《三大纪律八项注意》《中国人民解放军进行曲》《打靶歌》《游击队之歌》《大刀进行曲》《中国人民志愿军战歌》等。

解放军的歌曲有许多，但给我留下深刻印象的，或者说终生难忘的军歌，就是《中国人民解放军进行曲》了。

我爱军歌，尤其是喜欢《中国人民解放军进行曲》。据我所知，不论是军营里的干部战士，还是离开军营的干部战士，都喜欢这首歌。前几年我看过一本书，书名叫《中国近卫军》，作者是武警部队一名从事文学创作的干部，他说武警部队有武警部队的军歌，但他还是喜欢《中国人民解放军进行曲》，可见这首歌的受欢迎程度。

“向前！向前！向前！我们的队伍向太阳……”下乡后一直到后来参加铁路工作，有几十年的时间没有完整地唱这支军歌了，只是在十几年前在写《齐鲁儿女英雄传》时，偶然在家里唱一唱。我在写《齐鲁儿女英雄传》（几年后又进行了大的调整，书名改为《沂蒙儿女》后又重新出版）时，为何会想起《中国人民解放军进行曲》？这是因为《中国人民解放军进行曲》是由《八路军进行曲》改编而来的。我在写《齐鲁儿女英雄传》时，已经知道这件事，但当时找不到《八路军进行曲》，只好用《中国人民解放军进行曲》来代替。下面，我把《八路军进行曲》和《中国人民解放军军歌》分别记录下来，请大家看一下歌词的差别。

《八路军进行曲》：“向前！向前！向前！我们的队伍向太阳，脚踏着祖国的大地，背负着民族的希望，我们是一支不可战胜的力量。我们是善战的健儿，我们是抗敌的武装，从无畏惧，绝不屈服，永远抵抗，直到把日寇逐出国境，自由的旗帜高高飘扬。听，风在呼啸军号响；听，抗战歌声多嘹亮。同志们整齐步伐奔向解放的战场；同志们整齐步伐奔去敌人的后方。向前向前！我们的队伍向太阳，向华北的原野、向塞外的山岗。”

《中国人民解放军军歌》：“向前！向前！向前！我们的队伍向太阳，脚踏着祖国的大地，背负着民族的希望，我们是一支不可战胜的力量。我们是工农的子弟，我们是人民的武装，从无畏惧，绝不屈服，英勇战斗，直到把反动派消灭干净，毛泽东的旗帜高高飘扬。听，风在呼啸军号响；听，革命的歌声多么嘹亮！同志们整齐步伐奔向解放的战场；同志们整齐步伐奔赴祖国的边疆。向前！向前！我们的队伍向太阳，向最后的胜利，向全国的解放！”

2016 年的 9 月，17—18 日两天，我应同学的邀请到济南市长清区参加聚会。这个聚会，是由原高炮 69 师干部子女刘基地、张京平等人发起的，目的是纪念原高炮 69 师的成立。

17 日下午，参加聚会的同学们住进了长清区园博园大酒店。这里是长清区近几年新建的一处旅游风景区，有大片的湖水，碧波荡漾；有大片的树林，鸟语花香。在远处，还有孔夫子的雕像。

在 17 日的晚宴中，大家在宴会厅里唱了一些歌曲，歌唱得都不错。当时，我坐在餐桌旁总感觉缺点什么。细细想来，没有人唱军歌。既然我们是来纪念原高炮 69 师的，就应该唱支军歌才对。于是我找负责点播歌曲的师傅，请他找出《中国人民解放军军歌》来。当宴会厅的播音器里传出《中国人民解放军军歌》的曲子时，许多人开始跟着唱这支军歌。我这次也是几十年来第一次在大众面前唱这首军歌。《中国人民解放军军歌》那雄壮的曲调、欢快的节奏，让每一个听到这首歌曲的人，都感到热血沸腾。

我爱军歌，我爱雄壮的《中国人民解放军军歌》。

“向前！向前！向前！我们的队伍向太阳……”

谨以此文庆祝中国人民解放军建军 95 周年。

（写于 2022 年）

我学《孙子兵法》

近年来，一直想写一篇学习《孙子兵法》的文章。《孙子兵法》虽然只有约 6100 个字，但其内容是非常深厚的。因而，在中国，孙武又被称为“兵法之祖”，《孙子兵法》被称为古代“兵学圣典”。

《孙子兵法》产生于春秋战国时期，为历代政治家、军事家所必读，对中国的军事思想的发展、历史变革都产生了深远的影响，在其后的历代军事著作和军事实践中，无处没有《孙子兵法》的影子。

《孙子兵法》不仅仅是一部军事著作，它还展现了人类高超的智慧和谋略，对我们现代的军事和生产、生活都具有极大的指导意义。

《孙子兵法》有 13 篇文章，分别为计篇、作战篇、谋攻篇、形篇、势篇、虚实篇、军争篇、九变篇、行军篇、地形篇、九地篇、火攻篇、用间篇。

《孙子兵法·计篇》

我们从《孙子兵法》的《计篇》，来看兵圣孙武对战争的看法：

孙子曰：兵者，国之大事，死生之地，存亡之道，不可不察也。

孙武的这句话是在讲，战争是国家的大事，关系到国家存亡和人民生死，所以不能不慎重考察。

孙武在《计篇》的后半部分讲道：

兵者，诡道也。故能而示之不能，用而示之不用，近而示之远，远而示之近。利而诱之，乱而取之，实而备之，强而避之，怒而挠之，卑而骄之，佚而劳之，亲而离之，攻其无备，出其不意。此兵家之胜，不可先传也。

孙武在这一段文章里讲了如何用兵打仗的问题，同时还讲了用兵作战的辩证关系。也就是说，我们在实力强的时候，要表现出弱的样子；想要发动战争，就要表现出不想打仗的样子；要攻打近的地方，则要假装要攻打远的地方。如果敌人贪财贪利，就用利益引诱敌人，再伺机打败敌人；如果敌人陷入混乱，就要抓住时机发动进攻；如果敌人实力雄厚，准备充分，就要做好防御；如果敌人来势凶猛，就要避敌锋芒，退而再战。“攻其无备，出其不意”，则是讲，在敌人没有防备的情况下，我们要发动突然进攻，来打垮敌人取得胜利。

从孙武在《计篇》讲的内容来看，他在两千四百多年前，即对军队作战前的情况，进行了深入的研究和分析。他为后人树立起研究战争的光辉典范，我们应向他学习。

《孙子兵法 · 作战篇》

孙武在《作战篇》中讲道：

凡用兵之法，驰车千驷，革车千乘，带甲十万，千里馈粮。……日费千金，然后十万之师举矣。其用战也胜，久则钝兵挫锐，攻城则力屈，久暴师则国用不足。夫钝兵挫锐，屈力殚货，则诸侯乘其弊而起，虽有智者，不能善其后矣。

孙武在这段中讲，战争要耗费大量的钱财，可谓日费千金。因而，大规模的作战，要速战速决。如果战争旷日持久，军队就会陷入疲惫，士气就会受到挫伤，攻城会力屈，会消耗掉大量的兵力，长期作战会给国家的财力物力带来困难。旷日持久的作战，对国家没有好处，各诸侯还会乘机而起。

孙武在两千四百多年前研究战争时，便注意到战争持久化会给国家带来难以估量的破坏作用，因而兵贵胜，不贵久。孙武在这里强调，一旦开始作战，就要速战速决，要避免打持久战。

《孙子兵法 · 谋攻篇》

孙武在《谋攻篇》中讲道，“不战而屈人之兵”是最好的战法，但要实现这一点，必须有好的谋略。因而，孙武在《谋攻篇》中提出：

故善用兵者，屈人之兵而非战也，拔人之城而非攻也，毁人之国而非久也，必以全争于天下，故兵不顿而利可全，此谋攻之法也。

运用智慧取胜是《谋攻篇》论述的重点，也是《孙子兵法》的核心思想。在历史上，韩信奇谋打败赵国军队，之后听从谋士之言，在燕国的边境线上摆开准备攻打燕国的样子，同时派出能言善辩的谋士游说燕国国君，最终用谋略迫使燕国投降，这就是战国时期“不战而屈人之兵”的一个很好的战例。“谋”在前，“兵”在后，双管齐下，取得最后的胜利。

像这样的战例，在解放战争时期曾多次发生。如：北平的和平解放，避免了千年古城毁于战火。湖南和新疆的和平解放，既减少了人民解放军的伤亡，又减少了敌方士兵的伤亡，起义将领还受到优待，于国于民都有利。

在《谋攻篇》的最后，孙武讲：

知彼知己者，百战不殆；不知彼而知己，一胜一负；不知彼不知己，每战必败。

“知彼知己”，是《孙子兵法》中被后人引用最多的一条作战原则，也是《孙子兵法》的精华所在，既是一种智慧，也是一种决策制胜的作战方略。这个原则，不论是在军队作战中还是在商场上，都能发挥重要的作用。只有“知彼知己”，军队在战场上才能打胜仗，商家在商场上才能立于不败之地，这就是真理。

《孙子兵法·形篇》

形，是指军队兵力的多寡、战斗力的强弱、士兵素质的优劣等有形力量。

孙子曰：昔之善战者，先为不可胜，以待敌之可胜。不可胜在己，可胜在敌。……不可胜者，守也；可胜者，攻也。守则不足，攻则有余。善守者藏于九地之下；善攻者动于九天之上，故能自保而全胜也。……故善战者，立于不败之地，而不失敌之败也。是故胜兵先胜而后求战，败兵先战而后求胜。善用兵者，修道而保法，故能为胜败之政。

兵法：一曰度，二曰量，三曰数，四曰称，五曰胜。地生度，度生量，量生数，数生称，称生胜。……胜者之战民也，若决积水于千仞之谿者，形也。

在这一部分，孙武讲：善于用兵打仗的人，首先能做到使自己不被敌人战胜，然后寻求能战胜敌人的时机，其作战主动权要掌握在自己的手中。当不能战胜敌人时，要采取防守的形态，能战胜敌人时，一定要进攻。善守者，像藏于深不可知的地下，让敌人无形可窥；善于进攻的队伍，就像站在九天之上，使敌人无从防备。所以，善于打仗的人，先立于不败的地位，不放过任何可以击败敌人的机会。因此，获胜的军队，总是先造成打胜仗的条件才同敌人作战，而失败的军队，总是先同敌人打起来之后才寻求侥胜。任何善于指导战争的人，必须修明政治，加强法治，才能掌握打胜仗的决定权。

在《形篇》中，孙武讲的“地生度”，是指面积，一个国家的土地质量决定了它的耕地面积的多少；“度生量”，是指一个国家的耕地面积，决定了它的粮食收成的情况；“量生数”，是指一个国家的粮食收成，决定了它的兵员数量的多寡；“数生称”，是指一个国家的兵员数量，决定了它的实力的大小；“称生胜”，是指一个国家的实力大小，决定了它能否在战争中取胜。

孙武在这一部分，讲了许多与作战有关的条件，如：善守者如何办，善攻者如何办，以及在最后列出五个重点，作为判断胜负的依据。其实，不论是在古代战场，还是在近现代战场，作战中敌我双方间还存在着一种变量。即：兵力强的一方，因指挥失误、战术失当，也有可能打败仗。而兵力弱的一方，在作战中战术得当、地形有利，将与士同心协力，也有可能打胜仗，如“长勺之战”。

春秋时期，鲁国军队在山东泰山以东，一个叫“长勺”的地方，与来犯的齐国军队展开了一场激战。当时齐国强而鲁国弱，但最终的结果是，鲁国军队借助有利的地形和正确的决策，打败了齐国军队，取得了一场决定国家命运的胜利，也创造了一个以弱胜强的光辉战例。

在古代，以少胜多、以弱胜强的战例有许多，如官渡之战、淝水之战，都是以少胜多的经典战例。《孙子兵法》中所讲的军队力量的对比，对任何一支准备打仗的军队来讲，在战前都是一个需要注意的问题。特别是敌我双方战斗力的对比，以及战斗素质的对比，都是战前不可忽视的条件。

《孙子兵法·势篇》

凡战者，以正合，以奇胜。故善出奇者，无穷如天地，不竭如江河。终而复始，日月是也；死而复生，四时是也。……战势不过奇正，奇正之变，不可胜穷也。奇正相生，如循环之无端，孰能穷之？

激水之疾，至于漂石者，势也；鸷鸟之疾，至于毁折者，节也。是故善战者，其势险，其节短。势如彍弩，节如发机。

故善战者，求之于势，不责于人，故能择人而任势。任势者，其战人也，如转木石。木石之性，安则静，危则动，方则止，圆则行。故善战人之势，如转圆石于千仞之山者，势也。

从常识来讲，常规为正，特殊的、变化的为奇。从战术上讲，先出为正，后出为奇；正面为正，侧击为奇；明战为正，暗袭为奇。在战斗中，按常规战法为正，出乎人们意料的为奇。这就是军队打仗出奇制胜的原理。

湍急的水流以飞快的速度奔流，能让河里的石头漂走，这种力量就叫“势”。

“势不可当”“势如破竹”“排山倒海”，都是形容势的词语。

战场上，善于指挥作战的将帅，都会把注意力放在“势”上。木头与石头的特性，安则静，危则动，方则止，圆则行。因而，古代将帅在战斗中常利用木与石的这种特点，借助城墙或山地的势，把重木（圆木）或石头从城墙上、山顶上往城下或山下滚动，从而达到辅助作战的目的，这种守城的器械在历史上称为“滚木雷石”。

“出其不意，攻其无备。”从古到今，军队打仗经常会用奇兵攻击敌人的后方或用奇兵打掉敌人的指挥机构，从而打乱敌人的部署，以战胜敌人。

《孙子兵法 · 虚实篇》

虚与实，单从字面上讲，即假与真的问题。

孙子曰：凡先处战地而待敌者佚，后处战地而趋战者劳。故善战者，致人而不致于人。……出其所不趋，趋其所不意。

行千里而不劳者，行于无人之地也。攻而必取者，攻其所不守也；守而必固者，守其所不攻也。故善攻者，敌不知其所守；善守者，敌不知其所攻。微乎微乎，至于无形；神乎神乎，至于无声，故能为敌之司命。

进而不可御者，冲其虚也；退而不可追者，速而不可及也。故我欲战，敌虽高垒深沟，不得不与我战者，攻其所必救也；我不欲战，画地而守之，敌不得与我战者，乖其所之也。

故形人而我无形，则我专而敌分。我专为一，敌分为十，是以十攻其一也，则我众而敌寡；能以众击寡者，则吾之所与战者，约矣。……

故知战之地，知战之日，则可千里而会战。不知战地，不知战日，则左不能救右，右不能救左，前不能救后，后不能救前，而况远者数十里，近者数里乎！……

故形兵之极，至于无形；无形，则深间不能窥，智者不能谋。……

夫兵形象水，水之形，避高而趋下，兵之形，避实而击虚。水因地而制流，兵因敌而制胜。故兵无常势，水无常形。能因敌变化而取胜者，谓之神。故五行无常胜，四时无常位，日有短长，月有死生。

孙武在这一部分，重点讲了虚与实的问题。他在开篇讲道：凡是先占据战场等待敌人到来的一方就从容主动，而后到达战场的一方就要仓促应战，疲于奔命，就会处处挨打被动。从古到今都是这个道理。这也是我们现在常讲的“伏击战”。

“出其所不趋，趋其所不意。”就是说，要在敌人意想不到的地方发动进攻，打击敌人。我方行军千里而不疲劳，是因为所走的路线避开了敌人，因此在发动进攻时必然能得手。“故形人而我无形。”我方能集中兵力在一起，而敌人的兵力分散在十处，我方就可以以十攻其一，以众击其寡，从而造成敌人前后左右难以救援，故胜利可为也。

孙武在这一部分最后讲，用兵作战就像水，水流动的规律是避开高处向低处奔流；用兵也应像水一样，避开敌人强的地方，选择敌人弱的地方进行攻击，即：避实击虚。在战争中能应对敌人的变化而取胜者，才是军中强手，神也。

在近现代战争中，因为作战的需要，我军常采用隐真示假的办法来迷惑敌人，让敌人产生错觉，从而战胜敌人，并取得伟大的胜利。

《孙子兵法·军争篇》

孙子曰：凡用兵之法，将受命于君，合军聚众，交和而舍，莫难于军争。军争之难者，以迂为直，以患为利。故迂其途，而诱之以利，后人发，先人至，此知迂直之计者也。

故军争为利，军争为危。举军而争利，则不及；委军而争利，则辎重捐。……百里而争利，则擒三将军，劲者先，疲者后……是故军无辎重则亡，无粮食则亡，无委积则亡。

故不知诸侯之谋者，不能豫交；不知山林、险阻、沮泽之形者，不能行军；不用乡导者，不能得地利。故兵以诈立，以利动，以分合为变者也。……先知迂直之计者胜，此军争之法也。……

故三军可夺气，将军可夺心。是故朝气锐，昼气惰，暮气归。故善用兵者，避其锐气，击其惰归，此治气者也。以治待乱，以静待哗，此治心者也。以近待远，以佚待劳，以饱待饥，此治力者也。无邀正正之旗，无击堂堂之陈，此治变者也。

故用兵之法：高陵勿向，背丘勿逆，佯北勿从，锐卒勿攻，饵兵勿食，归师勿遏，围师必阙，穷寇勿迫。此用兵之法也。

在《军争篇》中，孙武认为，在战场上最主要的是夺取战场主动权的问题，这就是军争。但军争必须知天时、懂地利、知人和，要会用兵。不会用兵，不知天时地利，在战场上不但争不来胜利，还会丧失战场主动权，打败仗。孙武在这一部分还讲道："以诈立，以利动，以分合为变。"这段文字的意思，就是要在敌人的内部制造矛盾，分化敌人的作战力量。

孙武还指出："不用乡导者，不能得地利。"这个"乡导"，就是我们在许多回忆录中看到的"向导"。可以这样讲，不论是在古代作战，还是在近现代的战争中，都离不开"乡导"。比如在抗日战争、解放战争时期，部队来到一个陌生的地域时，都需要在当地找乡导（向导），以解决部队前进方向的问题，这与我们在陌生地方迷了路，需要问路是一个道理。在战争年代，部队在行军途中迷了路，是一个非常严重的问题。方向不清，道路不清，会影响部队的军事行动，会产生严重的后果。

在《军争篇》的最后，孙武认为“归师勿遏，围师必阙，穷寇勿迫（追）”。这几项作战原则，值得商榷。

历史上有个楚汉之争的故事。在秦朝末年的起义军中，楚军强而汉军弱。项羽的统帅能力和指挥才能，是在巨鹿城下大战中显示出来的。巨鹿大战之后，项羽率领楚军占领了函谷关，驻军新丰和鸿门。此时，刘邦率领汉军驻军灞上。为避免项羽率军来攻，刘邦主动到鸿门拜访项羽，项羽为此在鸿门设下酒宴。宴前，项羽的谋臣范增劝项羽借此机会除掉刘邦，而项羽却不以为然。项羽认为自己手握重兵，故不把刘邦放在眼里，从而错失除掉刘邦的大好时机。此后，楚汉双方在睢水展开了一场大战，汉军战败，刘邦带领残兵退到荥阳、成皋一带防守，而楚军却没有借此大胜一鼓作气消灭掉汉军残部，错失第二个灭掉刘邦的机会。

两年后，刘邦拜韩信为大将军，与彭越、英布三路大军会合一处攻打楚军。到公元前 202 年，项羽被汉军围困在垓下（今安徽灵璧县东南），韩信率汉军在垓下布下了十面埋伏。至此，项羽坐困愁城，四面楚歌。

这天夜里，项羽在夜幕的掩护下领兵突围，韩信发现后派出五千骑兵紧紧追赶。一路拼杀，项羽带领最后二十余人来到了乌江边，再次与追赶而来的汉军展开了一场激战。最终，项羽在乌江边上自杀身亡，结束了他的西楚霸王的梦想。如果项羽在几年前除掉了刘邦，楚汉之争的历史就要改写。项羽一再错失良机，最终上演了一场“霸王别姬”的悲剧。

历史车轮滚滚向前。在20世纪40年代末的解放战争中，人民解放军百万雄师过大江，一举占领了南京城。毛泽东主席在其后写的《七律·人民解放军占领南京》一诗中讲道：“宜将剩勇追穷寇，不可沽名学霸王。”这里的“霸王”，指的正是楚汉之争中的项羽。

《孙子兵法·九变篇》

孙子曰：凡用兵之法，将受命于君，合军聚众。圮地无舍，衢地交合，绝地无留，围地则谋，死地则战，途有所不由，军有所不击，城有所不攻，地有所不争，君命有所不受。

故将通于九变之利者，知用兵矣；将不通于九变之利者，虽知地形，不能得地之利矣；治兵不知九变之术，虽知五利，不能得人之用矣。

……故用兵之法，无恃其不来，恃吾有以待也；无恃其不攻，恃吾有所不可攻也。

故将有五危：必死，可杀也；必生，可虏也；忿速，可侮也；廉洁，可辱也；爱民，可烦也。凡此五者，将之过也，用兵之灾也。覆军杀将，必以五危，不可不察也。

孙武在《九变篇》中，讲了在各种特殊地形的情况下，军队的驻与留的问题。如：圮地，是指难于通行的地区。绝地无留，是指交通困难，又无水草粮食，难以生存的地区。围地，是指易被包围之地。死地，是指对己方军队非常不利的地形，只有死战才能生存下来的地方。

从古到今，任何一场战争，对敌我双方来讲，都是你死我活之争，几千年都如此。作战双方的将领，出征时都是受命于君。但在作战中，孙武认为将在外“君命有所不受”。这是因为战场上的情况是复杂的，是千变万化的，地形、地物及环境也都是复杂的，不能单靠君主的命令去打仗。作为主将，要根据战场上变化的情况，机动灵活地决定如何打仗，要学会变通。这就是孙武在《九变篇》中强调的“将不通于九变之利者，虽知地形，不能得地之利矣”。

《孙子兵法·行军篇》

孙子曰：凡处军、相敌，绝山依谷，视生处高，战隆无登，此处山之军也。绝水必远水；客绝水而来，勿迎之于水内，令半济而击之，利；欲战者，无附于水而迎客；视生处高，无迎水流，此处水上之军也。绝斥泽，惟亟去无留，若交军于斥泽之中，必依水草而背众树，此处斥泽之军也。平陆处易，而右背高，前死后生，此处平陆之军也。凡此四军之利，黄帝之所以胜四帝也。

凡军好高而恶下，贵阳而贱阴，养生而处实，军无百疾，是谓必胜。丘陵堤防，必处其阳，而右背之，此兵之利，地之助也。上雨，水沫至，欲涉者，待其定也。凡地，有绝涧、天井、天牢、天罗、天陷、天隙，必亟去之，勿近也。吾远之，敌近之；吾迎之，敌背之。军行有险阻、潢井、葭苇、山林、蘙荟者，必谨覆索之，此伏奸之所处也。

敌近而静者，恃其险也；远而挑战者，欲人之进也；其所居易者，利也；众树动者，来也；众草多障者，疑也；鸟起者，伏也；兽骇者，覆也；尖高而锐者，车来也；卑而广者，徒来也；散而条达者，樵采也；少而往来者，营军也；辞卑而益备者，进也；辞强而进驱者，退也；轻车先出，居其侧者，陈也；无约而请和者，谋也……见利而不进者，劳也；鸟集者，虚也；夜呼者，恐也；军扰者，将不重也；旌旗动者，乱也……谆谆翕翕，徐与人言者，失众也；数赏者，窘也；数罚者，困也；先暴而后畏其众者，不精之至也；来委谢者，欲休息也。兵怒而相迎，久而不合，又不相去，必谨察之。

兵非益多也，惟无武进，足以并力、料敌、取人而已。夫惟无虑而易敌者，必擒于人。卒未亲附而罚之，则不服，不服，则难用也；卒已亲附而罚不行，则不可用也。故令之以文，齐之以武，是谓必取。令素行以教其民，则民服；令不素行以教其民，则民不服。令素行者，与众相得也。

孙武在《行军篇》里讲了许多事情，从行军到作战，再到在江河地带扎营。同时，孙武在这一篇中还讲了许多应注意的地形，如绝涧、天井、天牢、天罗、天陷、天隙等，并强调遇到这些地形时，应迅速避开不要靠近。军队遇到山川险阻、芦苇丛生的低洼地及草木繁茂的山林地区，都应谨慎，这里是敌人容易隐藏伏兵的地方。

孙武在本篇中还强调，两军对垒时应仔细观察敌方的情况，要真正了解对手的情况，做到心中有数。

孙武在此部分开篇中强调，“客绝水而来，勿迎之于水内，令半济而击之”。“半济”，是说正在渡河。此时，敌人未全部渡河，是攻击敌人的最好时机。历史上，有个“泓水之战”，宋军因未能“半渡而击”，错失良机，以致大败。

春秋时期，宋国国君宋襄公率领宋国军队伐郑，郑国国君郑文公知道后，派人到楚国求救。楚成王立即领兵直奔宋国而来，以围攻宋国之策来救援郑国。宋国国君宋襄公听说楚兵攻宋，马上将宋军主力从郑国前线撤回，两国军队在泓水河遭遇，一场大战即将展开。

泓水，在今河南柘城县北，为古涣水的支流。楚军抵达泓水西岸时，宋国军队已在泓水对岸严阵以待，做好了迎敌的准备。

很快，楚军前锋开始渡河。宋国大司马公孙固见状，向宋襄公提出建议，他说：“大王，楚国军队兵力大大超过我军，现在楚军正在渡河，机不可失，应该发起进攻，打敌人个措手不及。”宋襄公说：“你急什么？没见楚国士兵正在过河？我军乃仁义之师，岂能做出不仁义之举？等楚国士兵渡过泓水之后再言战斗之事。”大司马公孙固闻言后不敢再吭声。

楚国将士过河见宋军没有进攻的意思，都觉得蹊跷，唯恐有诈，急急忙忙渡过了泓水，并做好了战斗准备。然而奇怪的是，他们过了河，还没摆好阵营时，仍不见宋军发动进攻。此时，公孙固再次建议宋襄公发起进攻，他认为楚国士兵装备精良，士气高昂，趁楚军还没摆好战阵，宋军发起攻击，定能打乱敌人的阵脚，赢得战斗的胜利。然而，宋襄公坚持要等楚军布好阵营之后才可发起进攻。

最终的结果是，楚军精锐之师在楚成王的指挥下，对宋军发起猛烈的进攻，以数倍于宋军的兵力和排山倒海的冲锋打得宋军丢盔弃甲，大败而逃。

经过泓水之战，宋国元气大伤，国势趋于微弱。宋襄公在泓水之战中受箭伤，第二年便一命呜呼了。这便是历史上著名的“泓水之战”的故事。

毛泽东主席曾经对“泓水之战”做过评论，他说：“我们不是宋襄公，不要那种蠢猪式的仁义道德。我们要把敌人的眼睛和耳朵尽可能地封住，使他们变成瞎子和聋子，要把他们的指挥员的心尽可能地弄得混乱些，使他们变成疯子，用以争取自己的胜利。”（摘自《毛泽东选集》第二卷《论持久战》）

《孙子兵法·地形篇》

孙子曰：地形有通者、有挂者、有支者、有隘者、有险者、有远者。我可以往，彼可以来，曰通。通形者，先居高阳，利粮道，以战则利。可以往，难以返，曰挂。挂形者，敌无备，出而胜之；敌若有备，出而不胜，难以返，不利。我出而不利，彼出而不利，曰支。支形者，敌虽利我，我无出也；引而去之，令敌半出而击之，利。隘形者，我先居之，必盈之以待敌；若敌先居之，盈而勿从，不盈而从之。险形者，我先居之，必居高阳以待敌；若敌先居之，引而去之，勿从也。远形者，势均难以挑战，战而不利。凡此六者，地之道也，将之至任，不可不察也。

故兵有走者，有驰者，有陷者，有崩者，有乱者，有北者。凡此六者，非天之灾，将之过也。夫势均，以一击十，曰走；卒强吏弱，曰驰；吏强卒弱，曰陷；大吏怒而不服，遇敌怼而自战，将不知其能，曰崩；将弱不严，教道不明，吏卒无常，陈兵纵横，曰乱；将不能料敌，以少合众，以弱击强，兵无选锋，曰北。凡此六者，败之道也，将之至任，不可不察也。

夫地形者，兵之助也。料敌制胜，计险厄远近，上将之道也。知此而用战者必胜，不知此而用战者必败。故战道必胜，主曰无战，必战可也；战道不胜，主曰必战，无战可也。故进不求名，退不避罪，唯人是保，而利合于主，国之宝也。

视卒如婴儿，故可与之赴深溪；视卒如爱子，故可与之俱死。厚而不能使，爱而不能令，乱而不能治，譬若骄子，不可用也。

知吾卒之可以击，而不知敌之不可击，胜之半也；知敌之可击，而不知吾卒之不可以击，胜之半也；知敌之可击，知吾卒之可以击，而不知地形之不可以战，胜之半也。故知兵者，动而不迷，举而不穷。故曰：知彼知己，胜乃不殆；知天知地，胜乃不穷。

孙武在《地形篇》中讲，地形有通、挂、支、隘、险、远六种。我们可以去，敌人也可以来，这种地形叫作通形。易于前进，不易撤退，这种地形叫挂形。在挂形地区作战，敌人没有防备，易于取胜。我们出击不利，敌人出击也不利，这种地形叫支形。在支形地区作战，敌人虽然以利诱之，我们也不应出战，而应引兵退走，适时反击。在隘形地区作战，我们先占领隘口，就应用重兵把守以待敌人；如果敌人已先占据隘口，并有重兵把守，我们就应引兵退走，不要去进攻。在险形地区，我军先占据，必须驻扎在地势高、向阳的地方以等待敌人；如果敌人先占据，应撤军离开，不要与敌接战。在远形地区作战，双方势均力敌，难以进攻，我们求战会于我不利。凡此六种，是利用地形的原则，是将领的责任，不能不认真考察。

地形，是用兵作战的辅助条件，我们出征时应根据敌情和地形来确定制胜的条件，这是将领必须认真考虑的事情。

孙武在《地形篇》中还提出将领与士兵的关系问题。将领对士兵如同对婴儿，这样士兵才可以和将领共赴深溪，赴汤蹈火。

此篇中讲到可击与不可击的不同条件，知兵可以击，不知敌兵不可击；知敌可以击，不知己兵不可击；知敌、知己可以击，不知地形则不可战。如果战，则取胜的机会只有一半。

故：知彼知己，胜乃不殆；知天知地，胜乃不穷。

《孙子兵法·九地篇》

孙子曰：用兵之法，有散地，有轻地，有争地，有交地，有衢地，有重地，有圮地，有围地，有死地。诸侯自战其地，为散地；入人之地而不深者，为轻地；我得则利，彼得亦利者，为争地；我可以往，彼可以来者，为交地；诸侯之地三属，先至而得天下之众者，为衢地；入人之地深，背城邑多者，为重地；行山林、险阻、沮泽，凡难行之道者，为圮地；所由入者隘，所从归者迂，彼寡可以击吾之众者，为围地；疾战则存，不疾战则亡者，为死地。是故散地则无战，轻地则无止，争地则无攻，交地则无绝，衢地则合交，重地则掠，圮地则行，围地则谋，死地则战。

所谓古之善用兵者，能使敌人前后不相及，众寡不相恃，贵贱不相救，上下不相收，卒离而不集，兵合而不齐。合于利而动，不合于利而止。敢问：敌众整而将来，待之若何？曰：先夺其所爱，则听矣。兵之情主速，乘人之不及，由不虞之道，攻其所不戒也。

凡为客之道：深入则专，主人不克；掠于饶野，三军足食；谨养而勿劳，并气积力；运兵计谋，为不可测。……

故善用兵者，譬如率然。率然者，常山之蛇也，击其首则尾至，击其尾则首至，击其中则首尾俱至。敢问：兵可使如率然乎？曰：可。夫吴人与越人相恶也，当其同舟而济，遇风，其相救也如左右手。……

将军之事，静以幽，正以治。能愚士卒之耳目，使之无知；易其事，革其谋，使人无识；易其居，迂其途，使人不得虑。帅与之期，如登高而去其梯；帅与之深入诸侯之地，而发其机，焚舟破釜；若驱群羊，驱而往，驱而来，莫知所之。聚三军之众，投之于险，此谓将军之事也。

九地之变，屈伸之利，人情之理，不可不察。凡为客之道，深则专，浅则散。去国越境而师者，绝地也。四达者，衢地也。入深者，重地也。入浅者，轻地也。背固前隘者，围地也。无所往者，死地也。……故兵之情：围则御，不得已则斗，过则从。

是故不知诸侯之谋者，不能预交；不知山林、险阻、沮泽之形者，不能行军；不用乡导者，不能得地利。四五者不知一，非霸王之兵也。夫霸王之兵，伐大国，则其众不得聚；威加于敌，则其交不得合。是故不争天下之交，不养天下之权，信己之私，威加于敌，攻其城可拔，其国可隳。

施无法之赏，悬无政之令，犯三军之众，若使一人。犯之以事，勿告以言；犯之以利，勿告以害。投之亡地然后存，陷之死地然后生。夫众陷于害，然后能为胜败。

故为兵之事，在于顺详敌之意，并敌一向，千里杀将，此谓巧能成事者也。是故政举之日，夷关折符，无通其使；厉于廊庙之上，以诛其事，敌人开阖，必亟入之，先其所爱，微与之期，践墨随敌，以决战事。是故始如处女，敌人开户；后如脱兔，敌不及拒。

孙武在《九地篇》中讲了许多与作战有关的问题，其中重点是讲地形，以及在遇到文章中提到的这些地形时，如何去打仗，孙武讲，用兵作战中有“散地”“轻地”“争地”“交地”“衢地”“重地”“圮地”“围地”“死地”。孙武随后对这些地形都做了解释。“散地”，是诸侯在自己国内作战的地区；“轻地”，是进入敌国不深的地区；“争地”，是对我军有利、对敌军也有利的地区；“交地”，是我军可以去、敌军也可以来的地区；“衢地”，是先占领并能得到邻国支持的地方；“重地”，指深入敌人的国土，背后有敌人很多城邑的地区；“圮地”，指军队行军在深山老林、险固隘阻、盐碱沼泽、道路难行的地方；“围地”，指进路很狭隘、退路又迂远的地区，在围地敌人可以用较小的部队打败我方较大的部队；“死地”，速战则存、不速战则亡的地区。

在古代，善于用兵的将领，能使敌人前后不能照顾，大小部队不能互相依靠，官兵不能互相救援，上下分散不能收拢，士兵溃散不能集中，部队会合而到不齐。合于利就行动，不合于利就停止，此为良将。作战中，如果敌军众多且严整而来，我方应怎么办呢？我们应先夺取敌人的要害阵地，这样敌人在战斗中就要听任我们的摆布了。

孙武讲："将军之事，静以幽，正以治。能愚士卒之耳目，使之无知……"这段话是讲，将帅遇事要冷静，处理事情要有条理。对作战的目的，要能蒙蔽士兵的耳目，使士兵对作战计划一无所知。如果变更战斗任务，改变作战计划，就要使一般人识不破。在这段文字中，孙武讲的是要做好保密工作，不能把作战计划透露出去，让敌人察觉到我军的作战意图。

孙武在这一部分还专门讲到"登高而去其梯""焚舟破釜"这种自断后路的办法，其目的是让士兵们知道部队已经没有退路了，只有拼命向前打败敌人才有生路。

《孙子兵法·火攻篇》

孙子曰：凡火攻有五：一曰火人，二曰火积，三曰火辎，四曰火库，五曰火队。行火必有因，烟火必素具。发火有时，起火有日。时者，天之燥也；日者，月在箕、壁、翼，轸也；凡此四宿者，风起之日也。

凡火攻，必因五火之变而应之。火发于内，则早应之于外。火发兵静者，待而勿攻；极其火力，可从而从之，不可从而止。火可发于外，无待于内，以时发之。火发上风，无攻下风。昼风久，夜风止。凡军必知有五火之变，以数守之。

故以火佐攻者明，以水佐攻者强；水可以绝，不可以夺。

夫战胜攻取，而不修其功者，凶，命曰"费留"。故曰：明主虑之，良将修之，非利不动，非得不用，非危不战。主不可以怒而兴师，将不可以愠而致战；合于利而动，不合于利而止。

怒可以复喜，愠可以复悦，亡国不可以复存，死者不可以复生。故明君慎之，良将警之，此安国全军之道也。

孙武在这一部分讲了火攻有五种方式：烧杀敌军人马，焚烧敌军粮草，焚烧敌军辎重，焚烧敌军仓库，焚烧粮道与运输设施。他同时讲，放火要有时，即在什么条件下才可以放火。孙武还讲了自然现象，即“昼风久，夜风止”。再者要放火，必须是从上风处放，不能从下风处放。火攻的效果，比水攻的效果明显。水只可以阻绝敌人，而火攻则可以烧毁敌军的物资装备。

孙武还讲到君主的火和将帅的火，也就是从外在的火讲到心里的火。古代君主心里有火，即会兴兵发动战争，以图用军事手段消除自己心中的怒火。

“火冒三丈”“怒气冲天”，都是形容心中的火。因此，孙武在《火攻篇》最后一段讲：“非利不动，非得不用，非危不战。……合于利而动，不合于利而止。怒可以复喜，愠可以复悦，亡国不可以复存……故明君慎之，良将警之，此安国全军之道也。”因而，孙武在《孙子兵法》里讲：“兵者，国之大事，死生之地，存亡之道，不可不察也。”

关于火攻的战例，《三国演义》中讲了许多。如：“火烧新野”“火烧赤壁”等。在近现代战争中，除了枪炮等武器外，美国在第二次世界大战中还使用了一种叫“凝固汽油弹”的大威力杀伤性武器。这种大威力武器，美军首先用在日本列岛上，以火烧的方式，烧掉日本在本土储备的大批战争物资和房屋建筑，给投降前的日本，造成极大的物资损失。此外，美国军队在朝鲜战争中也使用过凝固汽油弹，给志愿军造成很大的损失。

在第二次世界大战中，除了这种能引发大火的燃烧弹，美军还制造了一种叫作“火焰喷射器”的武器，并用在太平洋夺岛战场上，给固守在太平洋海岛上的日军，以重大的杀伤。

火攻，从古代到现代都是一种重要的作战手段，应对其进行认真研究。

《孙子兵法·用间篇》

孙子曰：凡兴师十万，出征千里，百姓之费，公家之奉，日费千金；内外骚动，怠于道路，不得操事者七十万家。相守数年，以争一日之胜，而爱爵禄百金，不知敌之情者，不仁之至也，非人之将也，非主之佐也，非胜之主也。故明君贤将，所以动而胜人，成功出于众者，先知也。先知者，不可取于鬼神，不可象于事，不可验于度，必取于人，知敌之情者也。

故用间有五：有因间、有内间、有反间、有死间、有生间。五间俱起，莫知其道，是谓神纪，人君之宝也。因间者，因其乡人而用之；内间者，因其官人而用之；反间者，因其敌间而用之；死间者，为诳事于外，令吾闻知之而传于敌间也；生间者，反报也。

故三军之事，莫亲于间，赏莫厚于间，事莫密于间。非圣智不能用间，非仁义不能使间，非微妙不能得间之实。微哉微哉，无所不用间也！

间事未发而先闻者，间与所告者皆死。凡军之所欲击，城之所欲攻，人之所欲杀，必先知其守将、左右、谒者、门者、舍人之姓名，令吾间必索知之。

必索敌人之间来间我者，因而利之，导而舍之，故反间可得而用也。因是而知之，故乡间、内间可得而使也。因是而知之，故死间为诳事，可使告敌。因是而知之，故生间可使如期。五间之事，主必知之，知之必在于反间，故反间不可不厚也。

昔殷之兴也，伊挚在夏；周之兴也，吕牙在殷。故惟明君贤将，能以上智为间者，必成大功。此兵之要，三军之所恃而动也。

在《用间篇》中，孙武讲，凡兴兵十万，远征千里，百姓的费用，国家的开支，每天要耗费千金，运输队伍疲劳地在道路上奔忙，不能生产，相峙数年，就是为了最后的胜利。这样的将领不是好将军，也不是君主的好助手。因而明智的君主、贤能的将帅，在出兵前应先知敌情，不可去求助于鬼神，也不可用相似的事情去类比，也不可用推验日月星辰运行位置的方法去验证，必取于人，取于知道敌人情况之人。

孙武还讲道：“用间有五：有因间、有内间、有反间、有死间、有生间。”孙武在两千四百多年前，能把间谍的种类划分得如此清楚详细，确实令人佩服。什么是“因间”？就是利用敌国的普通人做间谍。什么是“内间”？就是利用敌国的官吏做间谍。什么是“反间”？就是将敌人派来的间谍为我所用。什么是“死间”？就是故意散布虚假的情报，令敌方间谍知道，敌人上当受骗后将其俘获处死。什么是“生间”？就是派到敌人那里获得情报后还能返回的间谍。

间谍这个称呼已经存在几千年的时间了。清朝末年起，往中国派遣间谍最多的当属日本了。甲午战争期间，日本就在中国设立了庞大的谍报系统。

在《读报参考》杂志2010年第11期“史海钩沉”版面中，就列举了五名日本间谍被清政府抓获后斩首的案例。前两名，一个叫藤岛武彦，一个叫高见武夫，其中藤岛的任务是潜入新疆，劝说新疆巡抚刘锦棠联日抗俄，并在新疆潜伏。这两个日本间谍被抓获后，在杭州被斩首。甲午战争日本大胜后，日本派人到杭州起出这两人的尸骸带回了日本。

另外三名日本间谍分别叫山崎羔三郎、钟崎三郎、藤崎秀。这三名日本间谍在甲午战争前进入中国，曾以各种方式在山海关、威海卫、旅顺、大连一带执行侦察渗透任务，对这几个海域进行水文测量，为日军选择最佳登陆地点。执行间谍任务期间，这三名日本间谍相继被抓获，在辽宁金州被斩首。

在此后的日本侵华战争中，有几个日本间谍较为有名。

其一，川岛芳子。川岛芳子是中国人，是清政府肃亲王善耆的女儿，她被送到日本后认贼作父，改名换姓，甘为日本人当间谍。在日本侵华战争中，她获取了大量的中国情报，犯下累累罪行，日本战败投降后，川岛芳子在北平被处决。

其二，土肥原贤二。土肥原贤二是日本侵华战争时期，日本间谍组织最大的头目。土肥原贤二在侵华战争中无恶不作，在中国犯下大量的战争罪行，罄竹难书。二战结束后，在远东国际军事法庭上，土肥原贤二被定为甲级战犯，仅次于东条英机（甲级战犯，首相）和广田弘毅（甲级战犯，首相），位列甲级战犯第三名，被处以绞刑，永远被钉在历史的耻辱柱上。

其三，南云造子。在《世界军事》2010年第5期“谍海波澜”

中这样介绍南云造子：“南云造子娇俏动人，又能歌善舞，在汤山温泉，她利用自己的交际手腕和美色，与大批高官交上朋友。据说戴季陶、孙科等人都是因为南云造子，而成为汤山温泉招待所常客的。”南云造子在日本侵华战争开始后，用美人计获取情报，其首要目标是要除掉蒋介石。南云造子还利用各种机会发展扩大自己的间谍组织，当时国民政府军事委员会下属的参谋总部、军政部、海军部都先后有人被她拉下水。南云造子在 1942 年 4 月的一个晚上，在上海霞飞路被国民党军统局的特工乱枪打死，终结了一生。

学习《孙子兵法》后，可以看出孙武在《孙子兵法》十三篇中写了大量的军事思想，总结了大量的实践经验。孙武的军事思想，具有古代朴素的辩证唯物论的观点。孙武在《孙子兵法》第一篇中就提出：“兵者，国之大事，死生之地，存亡之道，不可不察也。”也就是说，战争，是关系国家存亡的大事，应慎重对待。同时，孙武在第一篇中还讲：“兵者，诡道也。”也就是说，打仗不仅仅是拼兵力、拼武艺，还要讲计谋。在战术上，“能而示之不能，用而示之不用，近而示之远，远而示之近。利而诱之，乱而取之，实而备之，强而避之，怒而挠之，卑而骄之，佚而劳之，亲而离之。攻其无备，出其不意”。

为什么“兵贵胜，不贵久”？作为古代军事家，孙武在两千四百多年前就注意到这个问题。孙武在《作战篇》中讲道：“久则钝兵挫锐，攻城则力屈，久暴师则国用不足。……夫兵久而国利者，未之有也。”

孙武在这段中讲，进攻的一方，进行旷日持久的战争，会使军队疲惫而挫伤锐气，攻城会力屈，军队长期在国外作战会使国家耗费大量的资金，会用尽资产。战争拖得久而对国家有利的事，从来没有过。而毛泽东主席在抗日战争的初期，则提出抗日战争是一场持久战。毛主席在《论持久战》一文中提问："为什么是持久战？"他随后在文章中讲道："单说敌人是帝国主义的强国，我们是半殖民地半封建的弱国，就有陷入亡国论的危险。……敌强我弱，我有灭亡的危险。但敌尚有其他缺点，我尚有其他优点。敌之优点可因我之努力而使之削弱，其缺点亦可因我之努力而使之扩大。我方反是，我之优点可因之努力而加强，缺点则因我之努力而克服。所以我能最后胜利，避免灭亡，敌则将最后失败，而不能避免整个帝国主义制度的崩溃。"

在持久战这个问题上，我们可以看出孙武与毛泽东主席分别讲了两个方面的问题。孙武在《孙子兵法》中讲的是进攻一方（侵略一方），而毛泽东主席则是站在反侵略的一方，这是"持久战"这一问题的两个方面。

纵观《孙子兵法》，其内容从前到后相互呼应，既讲了作战中的将，也讲了作战中的兵，还讲了作战时的天文地理、敌我双方作战中的战术谋略，等等。

《孙子兵法》是孙武在战场上用兵智慧的结晶，是一代兵圣孙武留给中国人民和世界人民的一部经典的兵法著作，千百年来对中国社会的发展进程产生了极大的影响。

《孙子兵法》中的"兵贵神速""知彼知己，百战不殆"等，是孙武留给后人的经典名言。

自等岘阻击战

——炮兵第 46 团在抗美援朝战争中的一次经典战例

在《中国人民解放军炮兵第八师回忆录》中，收录了原炮兵第 46 团五名干部写的参加自等岘阻击战（又名朴达峰、脚歇峰阻击战）的文章。这五名干部的名字分别是：侯世纯、张岌、李崇文、姜学平、任真。

朝鲜战争中的第五次战役，我父亲王敬斋（团政治处主任）和团长周文龙都没参加。炮 46 团一营，在第四次战役中奉 38 军首长的命令炸掉了火炮，因而炮一营没有炮了（另有缴获的火炮训练用）。在第五次战役开始前，炮 46 团党委决定把部队分成两部分，炮二营、炮三营为一梯队参加第五次战役，由团政委范建文、副团长刘琦和团参谋长侯世纯带领参战。团长周文龙与政治处主任王敬斋带炮一营为二梯队在后方休整，轮流参战。这个作战方案上报给第38军后得到38军首长的批准。[①]

先讲一下炮 46 团二营与三营及团直属队中的高机连、观通连、警卫连在第五次战役中，配属志愿军第 60 军和第 12 军作战的情况（第五次战役时，第 38 军在朝鲜北部休整）。

① 在抗美援朝战争中，炮兵是作为一个独立的兵种配属到各军的，这种配属关系是根据战场情况随时变化的。

第五次战役开始后，炮 46 团奉命配属第 60 军所辖的原 61 军的 181 师和第 12 军 35 师在高台山、五峰寺、天德山、夜月山等地发起了进攻，毙敌 700 余名。越过“三八线”后，炮 46 团配合第 60 军 179 师先后占领了华川、春川地区，消灭了大量的敌人。至此，志愿军第五次战役第一阶段取得胜利。

以美军为首的“联合国军”为挽回败局，在朝鲜中部地区集中美军第 7 师、美军第 24 师、美军第 25 师、南朝鲜第 2 师、南朝鲜第 6 师，装备坦克 180 余辆、各种火炮 260 余门发动进攻。美伪军占领涟川后，准备从涟川分两路北进，妄图一举攻占铁原、金化等地[①]，彻底切断志愿军驻春川地区部队北移的退路，企图将我军前线部队消灭在汉江地区。

1951 年 5 月 29 日中午，炮 46 团接到 60 军的电报，要求炮 46 团在下午 5 时出发，沿春川至华川的公路北撤至都坪里待命。也就是说，炮 46 团与驻扎在春川地区的志愿军步兵部队，要利用夜间的时间向北撤退。

炮 46 团在当日下午 4 时半吃过饭后，5 时出发。在向北撤退的途中，炮 46 团的行军序列为：团部、二营、三营和团收容队。其中，团警卫连走在最前边，负责警戒、开路、排除障碍等。侯世纯参谋长在他写的文章《朴达峰、脚歇峰阻击战》里讲：“途中步兵、炮兵齐头并进，把山路挤得满登登的，敌机不停地在空中盘旋扫射、轰炸，公路上被炸坏的汽车、马车、火炮在燃烧。入夜，部队进入南北两山之间的公路，一边绝壁一边深沟，常有被敌机炸坏的车炮挡住去路，行进十分困难。”

30 日 7 时左右，炮 46 团到达都坪里，各营车炮人马迅速

① 铁原、金化一线，是朝鲜半岛中部具有战略意义的地区，被称为“铁三角”。

分散隐蔽，警卫连与各营警卫排在都坪里南高地构筑工事，防御北进之敌。张岌营长在他写的文章中这样讲："都坪里这个村方圆不大，各家都是大门紧闭，没有一人走动，该是炊烟袅袅的时候，却无一缕青烟，看来居民早已经逃散了。不久，我即发现情况不对劲，路上没有遇到步兵，两侧山上静悄悄的，似乎也没有部队在此的迹象。只有停在前边的团指挥部在忙碌，参谋人员四处奔跑，原来我们与 60 军失掉了联系，敌我情况不明，步炮分家，情况很紧迫。"

当时，炮 46 团面临的困难是，没有步兵部队的配合，炮兵部队在此独立作战是非常危险的。但是，如果炮 46 团就此北撤，就等于把这条南北大通道让给了敌人。而美军装备了大量的坦克和汽车，可以沿这条公路向北快速推进，毫无困难地占领金化，切断中线志愿军的防线，造成志愿军被动挨打的不利局面，后果严重。

从时间上看，炮 46 团在 29 日下午 5 时向北撤退，30 日早 7 时到达都坪里停下，走了一夜的路。到都坪里后，在与 60 军失去联系的情况下，是继续北撤还是就地进行防御，让炮 46 团的首长们一时难以决策。继续北撤没有命令，就地防御也没有命令，炮 46 团指挥部于是派出两路人马，分别向南、向北侦察敌情和联系步兵，以便获得上级的指示或命令。

为此，炮 46 团指挥部命令二营高仁副营长带领侦察组沿都坪里公路向南去勘察地形，侦察敌情。同时，指挥部又派出团司令部作训股长李崇文向北去设法联系步兵，而部队则原地待命。

李崇文在他的文章里这样写道："我骑一匹枣红马，带两名侦察员，带两日干粮向北寻找。当时不敢走大路，只能沿小路边走边观察。大约向北走出 5 公里，发现小路上好像有骡马走过的痕迹，我们就快马加鞭沿途追赶。又向北追出 10 多里地，在一个半山腰被一步兵暗哨拦下马。我们说明缘由后，他将我们送往第 15 军司令部。在一个帐篷里，我把我团所处的位置、装备情况向首长们作了汇报，并商定由 15 军指挥我团的行动，遂接受命令：‘你们就地占领阵地。’”

张岌营长在他的文章中这样写道：“4 个小时过去后，高副营长回到营里说：‘我从都坪里向南跑出去 10 多公里，遇到第 15 军一个侦察排。据介绍，敌人就在前面，但我们的部队已经撤走，他们侦察排是在监视敌人，掩护撤退的，前面（南边）所有的公路桥都被他们炸毁了’。”

在这里强调一点，朝鲜是一个半岛，其江、河的水都不深。例如在第四次战役时，炮 46 团一营的野炮，能从汉江南岸涉水渡江到北岸，就是一个证明。

张岌把侦察到的情况上报到团部后，侯参谋长命令道：“二营就地阻击敌人，决不让敌人前进一步。”

张岌随即召集各连长开会传达命令，并在会后组织各连长对二营附近的地形进行了勘察，他们认为都坪里一带地形开阔、交通便利，前方的公路直插我军防区腹地，敌人的坦克很容易冲击过来，难以防守。张岌把地形情况上报给团参谋长，侯参谋长随即命令：“迅速到都坪里以北自等岘山集结，同时马上派人与 15 军联系，请他们配合你营作战，坚决阻击敌人。”

自等岘山是金化以南的一个比较高的山峰（标高 838.2 米），地处都坪里东北至金化公路以西的位置，在自等岘山的南面还有脚歇峰（标高 666 米）、外药寺洞（标高 410.2 米），而在公路以东分别有庞德山（标高 1064.3 米）、朴达峰（标高 779.6 米）等山峰。二营接到北撤的命令后，迅速撤退到自等岘山北面。炮 46 团前指所带的两个营，二营在前，在自等岘山公路东西两侧的位置构筑炮阵地，三营在后，在自等里村庄东南面构筑炮阵地，同时构筑弹药储备坑和单人掩体。另外，营、连及团分别在自等岘山和脚歇峰等山上开设观察所，并架设电话。高射机枪连则负责对空掩护，开战前一切工作准备完毕。

前边写了炮 46 团派人与第 15 军联系防御作战的事情。第 15 军除了要求炮 46 团就地进行阻击作战，同时还答复将在夜间 12 点前派出一个营在自等岘山一带展开，在 5 月 31 日拂晓前再布置一个团的兵力阻击敌人的进攻。

朝鲜半岛的中部地区多山、河流纵横，道路崎岖。

姜学平在文章里这样写道："我们二营在营长张炭的指挥下，在自等岘西 700 米左右地域，按四、六、三连的次序，成梯次配置，构筑了阵地。四、六连在公路左侧，三连在公路右侧，三营在我们阵地后 500 多米处。零点前，全团都占领了阵地，做好了一切射击准备。自从得知十五军将同我们共同阻击敌人，干部战士心里踏实多了，作战勇气更大了，情绪非常高涨。"

炮二营除了构筑好火炮阵地外，还另派副连长张子良率一个排的战士，在公路两侧的小树林前沿，构筑了简易防御阵地，并在阵地前 500 米处挖了一条窄沟，将安装好引信的炮弹尖部向上埋设一排作为雷区，又在右侧山坡上配置了一个班作为警戒兵力。

这里再讲一下炮 46 团二营、三营装备的火炮情况。在《中国人民解放军炮兵第八师回忆录》中，炮三连装备的是日本91式榴弹炮4门（口径100毫米），炮四连装备的是日本38式野炮4门（口径75毫米），炮六连、八连装备的是美制榴弹炮各3门（口径105毫米），炮九连装备的是日本90式加农炮3门（口径75毫米）。

以美军为首的"联合国军"在30日下午占领了都坪里。之后，美军发现志愿军炮兵在自等岘山附近布下阵地后，未敢贸然行动，错过了进攻的最佳时机。

5月31日拂晓，第15军一个营首先到达自等岘山，并迅速通过炮二营的阵地。第15军这个营轻装赶来，重机枪、迫击炮都没有带。

在姜学平的文章里这样写自等岘阻击战：

5月31日，从早晨就开始下雨。6时许，敌6辆坦克爬过自等岘，向我阵地冲来……当坦克进入视野，距四连阵地约不到500米时，一炮首先射击，3发炮弹就击中1辆坦克。二、三、四炮相继开火，火力非常猛。敌坦克也对四连阵地开炮还击，双方展开炮战。四连的38野炮虽然对坦克损伤不大，但对伴随其后的步兵杀伤很大，多数敌人便掉转头去，狼狈逃回自等岘以东。

敌方坦克也击中四连一炮掩体，班长杨怡清和一、二炮手负重伤。三炮长郭德春跳出掩体，振臂高呼："同志们，立功的时候到了，为一炮报仇。"……全连各炮打得更猛，又有炮弹击中敌坦克，可惜口径太小，又是榴弹，对其损害不大。敌坦克见我火力太猛，其伴随步兵也纷纷逃走，就慌忙调转车头，逃之夭夭。战后郭德春荣立二等功，杨怡清荣立三等功。

半小时后，敌步兵向我朴达峰、脚歇峰等阵地发起进攻。我们全团所有火力在高地前构成火墙，协同步兵击退敌数次进攻。步兵团的大部队赶到，并迅速进入阵地，下午战事渐缓。

黄昏后接步兵通报："都坪里西北有敌大量步兵集结。"观察所也发现，该地区有杂乱的汽车灯光和手电光，便立即组织交会。团侦察参谋王立行准备诸元，并加以修正，全团5个炮连突然开火，猛烈射击。那时用的是"三表尺，三方向"的方法，又叫"面积射击法"，即现今的集中射击的方法。这次炮火袭击效果非常好。有趣的是，一个美军黑人士兵被打懵了，竟跑到我军阵地上来，被生俘。经审问，他讲："我们这个团是新调来的，谁知刚到指定地点，有的还没有下车，就突然飞来那么多炮弹，打得我们四处乱跑，官长们也不知跑到哪里去了，死伤有两三百人。我开始隐蔽在一个土坎下边，土坎被打塌了，我爬起来就跑，结果跑到这里来了。"

经过一日战斗，炮弹不多了。说来也巧，12军转移时，有一部分炮弹没有带走，埋在距我们阵地十几里路的地方。看守人员听到炮声，晚上就主动找来了。我们听后甚是高兴，真是雪中送炭啊。听他讲，有的弹种是我们能用的（我们那时的炮种很杂，5个连用4种不同的火炮，四连是口径75mm的日本38式野炮；三连是口径100mm的日本91式榴弹炮；六连、八连是口径105mm的美国105榴弹炮；九连是口径75mm的日本90式加农炮），就由团里派人组织各连把炮弹运回。除九连外，各连补充了150多发炮弹。

关于炮46团6月1日、6月2日的战斗，侯世纯参谋长在文章中这样写道：

6月1日上午9时左右，敌直升机在我二营阵地上空盘旋，我步机枪对空射击组对其猛烈射击，敌机毫不理会（估计机底部装有装甲）。突然，敌机在空中施放一个黑气团（判断是标定目标的，10多分钟后才慢慢散开），然后向南飞去。随后敌人2个炮兵群即集中火力向我炮阵地猛烈轰击，顿时硝烟弥漫，弹片乱飞，震耳欲聋。与此同时，敌步兵七八百人在坦克的护送下，向我步兵一三三团（注：第15军45师的133团）外药寺洞南阵地发起轮番攻击。我令二营向敌行拦阻射击，三营对敌2个炮群行轮番5分钟压制射击。我团指战员不顾自身安危，勇猛射击，支援步兵作战，打退了敌人一次又一次攻击。由于我炮火射发速度过快，二营多门火炮炮身复进失灵，炮手们就用手把滚烫的炮身推上去继续发射。……在压制与反压制的激烈炮战中，敌炮向我三营阵地倾泻了上千发炮弹，致使多人负伤，其中九连排长张国金负重伤。……

这一天战斗异常激烈，我步炮互通情况，密切协同，顽强战斗，打退了敌人多次进攻，共毙伤敌300余人。……

6月2日，敌调整了部署，继续对我炮阵地进行压制射击，并再次在通往春川的公路上集结步兵800余人、坦克20余辆，向我步兵一三五团（注：第15军45师的135团）朴达峰前沿阵地发起连续猛攻。敌曾一度突破了我前沿阵地，我步兵集中轻重火器，在我团三营2个连的炮火支援下，奋力冲杀夺回了阵地。敌另一部向我步兵一三三团前沿阵地发起攻击，我令二营炮火立即对敌行拦阻射击。步兵在我炮火支援下，顽强奋战，以密集火力和手榴弹粉碎了敌人攻占我脚歇峰阵地的企图。我团三营七连向敌炮阵地行扰乱射击，吸引敌炮火力，减轻了我步兵的压力。……一天的战斗，我步炮协同抗住了敌人的连续进攻，敌伤亡惨重。

6月3日，接到志司电：令我团归还38军建制。炮2师28团宜炽参谋长率1个榴炮营，接替我团任务。我全体指战员协同步兵战斗至晚，分批撤出战斗，受到第15军首长和宣传队敲锣打鼓的热烈欢送。

侯世纯参谋长在文章最后写道：

这次阻击战，是在敌强我弱、敌众我寡、时间仓促、情况复杂的情况下进行的，由于在军首长的统一指挥下，步炮密切协同，尤其军侦查科侯科长始终和我团前方指挥所在一起，随时交换情况，互相支持，充分发挥各自优势，从而给予敌人重大杀伤，抗住了敌步、坦、空的频繁攻击，打乱了敌人的进攻计划。战斗中，我炮团全体指战员不怕牺牲，不怕疲劳，连续作战，杀伤大量敌人，积极协同步兵作战，圆满地完成了任务，受到志愿军领导机关的通报表扬。二营荣记三等功，朝鲜劳动新闻社还以《张岌炮兵营》为题发布了新闻。四连荣记二等功，第15军奖给该连“英勇顽强，杀敌致胜”锦旗一面。四连五班长郭德春、电话兵王立功两同志分别荣记二等功。四连还派功臣代表参加了志愿军归国代表团，向祖国人民汇报了我团全体指战员为祖国人民和朝鲜人民英勇杀敌的事迹。

根据《炮八师战例选编》中的记载，在自等岘阻击战中，从5月31日开始与美军交战，首战击毁敌坦克1辆，击毙敌300余人。在美军向朴达峰、脚歇峰进攻中，炮兵火力毙伤敌500余人，打退敌人第二次进攻。夜间对都坪里作战中，战绩不详，只有美军被俘士兵讲的死伤两三百人这个数字。在之后的作战中，被炮火毙伤的敌人有200余人。3天的战斗，炮46团消耗各种炮弹3000余发，损坏火炮1门，伤亡10余人。

《自等岘阻击战》这篇文章到这里基本上算是写完了。写这篇文章的目的，是要把抗美援朝战争时期，炮兵第46团主动参加自等岘阻击战的全过程，展现给读者，让广大读者对抗美援朝战争中的志愿军炮兵，有一个深刻的认识和了解。

炮46团在抗美援朝战争中，单独打自等岘阻击战是极其危险的。一是炮46团已经与第60军失去了联系，二是在炮46团的后边没有步兵部队，单靠炮46团这样一支不满编的炮兵部队，固守在都坪里附近，失败的可能性很大或者说有覆没的危险，这就是炮46团到达都坪里后要去找步兵部队的原因。另外，当时以美军为首的“联合国军”也是一个强硬的对手。美军不但装备有大量的坦克、火炮和飞机，其步兵的作战能力也不可小觑。美军是一支参加过第二次世界大战的军队，曾打败过德国法西斯军队和日本法西斯军队，具备很强的战斗力和作战实力，任何轻视美军作战能力的想法都会吃大亏。

当然，美军及“联合国军”的弱点也是非常的明显。第一，美军士兵一旦被志愿军切断后路，便会丢掉重武器逃跑。第二，美军及“联合国军”不习惯夜战和白刃战，没有坦克、飞机、大炮的支援就会不知所措，一旦被切断后路就会丧失斗志，贪生怕死。第三，美军及“联合国军”参加朝鲜战争，意图占领北朝鲜，并威胁中国的边境安全，具有极强的侵略性，这与美军参加第二次世界大战的情况，有本质上的区别。这也是为什么美军及“联合国军”在拥有先进武器装备的条件下，在朝鲜战场上总是打败仗的原因之一。

结束语：

在这篇文章中，我部分引用了抗美援朝战争时期，炮 46 团参谋长侯世纯、二营营长张岌、团司令部作训股长李崇文、排长姜学平四名同志写的文章。由于当时每个人的职务不同，在自等岘战斗中的经历也不同，为此，我从中节选出一些细节描写文字展现给读者。有一点要指出，在战前第 15 军首长讲要派一个团的兵力参加这场阻击战，但在实际战斗中却派出了两个团的兵力参加了这场战斗，可见这场战斗非常重要。这件事，作为团参谋长的侯世纯就比其他人要清楚，因而在他写的文章里就出现了两个步兵团的番号（133 团和 135 团）。在自等岘阻击战打响前，炮 46 团的首长们看到了战场上的危险，积极应战，争得了战场上的主动权，粉碎了美军沿自等岘山山下公路向北推进占领金化，打开一条北进缺口的图谋。

在这场战斗中，炮 46 团不怕牺牲，血战沙场，为第 15 军的部队到达战场争得了时间，确保了志愿军中部防线没有出现大漏洞，确保了志愿军大后方的安全，这才是炮兵第 46 团在此战中最大的功劳。

《彭德怀自传·第五次战役》中指出："有一个军进得过远（接近三七线），接济不上，粮食异常困难，撤回时很疲劳；还有 60 军之一个师，在转移时，部署不周，遭敌机和机械化兵团包围袭击，损失三千人。这是第五次战役的第二阶段，所遭受的损失，也是全部抗美援朝战争中的第一次损失。

"第五次战役规模是很大的，敌我双方兵力都在百万。没有消灭美军一个团的建制，只消灭一个营的建制有六七处；消灭伪军一个师，其余消灭的都是不成建制的。一般包围美军一个团，全部歼灭要两天时间，原因是我军技术装备太落后，他的空军和地面机械化部队拼命救援。全歼美军一个整团，一个人也未跑掉，只在第二次战役中有过一次，其余都是消灭营的建制多。一般夜晚包围不能歼灭时，第二日白天他就有办法救援出去……”

朝鲜战争，中朝两国以落后的武器装备，打败了武装到牙齿的“联合国军”，最终“联合国军”总司令克拉克上将在停战协定书上签了字。克拉克说：“美国上将在一个没有打胜的停战书上签字，这在美国历史上是第一次。”

抗美援朝这一仗，中国人民、中国军队在世界这个大舞台上树立起敢打敢拼、敢与世界军事强国相较量的光辉形象，为全世界被压迫的人民树立起一个光辉的榜样。

志愿军将士在朝鲜战场上付出的巨大牺牲，为国家换来了长久的和平。向老一辈革命家致敬！向志愿军老战士致敬！